十三歳の誕生日、皇后になりました。6

石田リンネ

JN067325

B's-LOG BUNKO
ビーズログ文庫

イラスト／Ｉｚｕｍｉ

目次

十三歳の誕生日、皇后になりました。6
人物紹介
暁《あか》月《つき》
赤奏国の皇帝。
「ちょうどいいから」と
莉杏と夫婦に!?
蕗《ろ》莉《り》杏《あん》
まだ十三歳の
赤奏国の皇后。
暁月のことが大好き。

舒《じょ》海《かい》成《せい》

将来有望な若手文官。
莉杏の教師も兼ねる。

翠《すい》進《しん》勇《ゆう》

翠家の嫡男で武官。暁月と
幼いころからの付き合いがある。

翠《すい》碧《へき》玲《れい》

進勇の従妹で、
数少ない女性武官。

功《こう》双《そう》秋《しゅう》

武官。暁月が
禁軍にいたときの部下。

沙《さ》泉《せん》永《えい》

暁月の乳兄弟で従者。
文官を目指していた。

明《めい》煌《こう》

期間限定の皇太子。
元道士。

序章

かつて大陸の東側に、天庚国《てんこうこく》という大きな国があった。

天庚国は大陸内の覇権《はけん》争いという渦《うず》に呑《の》みこまれ、分裂《ぶんれつ》する形で消滅《しょうめつ》した。

新たに誕生した国は、黒槐国《こくかいこく》、采青国《さいせいこく》、白楼国《はくろうこく》、赤奏国《せきそうこく》の四つである。

このうち、南に位置する赤奏国は、国を守護する神獣を『朱雀《すざく》』に定めた。

慈悲深《じひぶか》い朱《あか》き鳥である朱雀神獣《すざくしんじゅう》は、いつだって皇帝《こうてい》夫妻と民《たみ》を慈《いつく》しんでいる——……

と言われている。


ここ数十年、赤奏国では飢饉《ききん》が続いていた。しかし、当時の皇帝は、民が苦しんでいる状態を気にすることなく贅沢《ぜいたく》な暮らしを楽しみ、侵略《しんりゃく》戦争に励《はげ》んでいた。

赤奏国はもう駄目《だめ》かもしれない……と皆《みな》が諦《あきら》めかけたとき、皇帝が病気で急死した。幼すぎる皇太子《こうたいし》に代わって、皇帝の異母弟《いぼてい》が即位《そくい》することになった。

新たな皇帝『暁月《あかつき》』は十八歳。新たな皇后《こうごう》『莉杏《りあん》』は十三歳。

即位直後は波乱続きの統治になり、民も官吏《かんり》も若すぎる皇帝夫妻に不安を抱《いだ》いていた。

けれども、暁月はそんな中でも、やらなければならないことを一つずつ片付けていく。

侵略戦争から手を引き、民の救済に力を入れた。

異母兄《いぼけい》が起こした内乱に、戦うことなく勝利した。

道士《どうし》であった親族を皇太子にし、後継《こうけい》問題をとりあえず解決した。

時が経《た》てば経つほど、新しい皇帝を讃《たた》える声が大きくなっていく。

——赤奏国は、明るい未来へ向かっている。

民も官吏も、ようやくそのことを実感し始めていた。

そして——……いよいよ冬が訪《おとず》れる。

赤奏国は暖かい国だ。冬になっても雪が降ることはない。民は凍死《とうし》におびえなくてもよかったけれど、収穫できるものは少なくなるので、餓死《うえじ》にはおびえなければならなかった。

「今年こそは、冬に飢《う》える人がいませんように」

皇后である莉杏の願いはきっと叶《かな》うだろう。それほどまでに赤奏国は立ち直っていて、莉杏もその手伝いができていたのだ。

莉杏は十三歳だけれど、後宮《こうきゅう》の管理人という役目を立派に果たしていて、女官《にょかん》や宮女《きゅうじょ》にとても慕《した》われている。

最近は、後宮以外のところにも莉杏の努力の成果が現れ始めていた。皇后がつくったわらべうた集が赤奏国の民に広がり、女の子も文字を読めるようにしなければならないという意識が、どこの国よりも早く育ち始めているのだ。

莉杏は、まだできないことの方が多いけれど、自分で問題を見つけ、自分で答えを探すようになった。誰《だれ》かにずっと手を引いてもらわなくてもいいところまできている。

——立派な皇帝に、立派な皇后。赤奏国の未来は輝《かがや》かしいものになる。

皆が皇帝夫妻を微笑《ほほえ》ましく見守る中、当の本人である莉杏は、とある悩《なや》みを抱えていた。

そう、恋《こい》の悩みだ。

「わたくしたちの関係はこれから決まっていく。……陛下《へいか》はそうおっしゃっていたけれど、今はどのぐらいわたくしのことを好きになってくださっているのかしら」

莉杏は暁月に恋をしている。

その気持ちの重さは、自分の命をかけられるほどであった。


皇帝『暁月《あかつき》』は、執務室《しつむしつ》に側近を集めた。

吏部侍郎《りぶじろう》——……吏部で上から二番目の役職につく若手の文官《ぶんかん》『舒海成《じょかいせい》』。

禁軍《きんぐん》所属の武官《ぶかん》で、暁月の母の生家である翠《すい》家の生まれの『翠進勇《しんゆう》』と、その従妹《いとこ》である『翠碧玲《へきれい》』。

同じく禁軍所属の武官で、暁月が禁軍にいたときの部下である『功双秋《こうそうしゅう》』。

それから、皇后『莉杏《りあん》』だ。

莉杏は「直接の関係はないけれど話だけは聞け」と暁月に言われていた。

（……ということは、話に直接関係があるのは、わたくしを除いたこの四人。もしかして、呼び出されたのは『側近』というわけでもないのかしら……？）

ただの側近ならば、莉杏の祖父で宰相《さいしょう》の『蕗登朗《ろとうろう》』、禁軍中央将軍『布弦祥《ふげんしょう》』、暁月の乳兄弟《ちきょうだい》で従者の『沙泉永《させんえい》』もいてもいいはずだ。

呼び出された四人の共通点は、暁月にとって身内扱《あつか》いできる若手官吏というところだろう。

「冬になった。おれは睡蓮宮《すいれんきゅう》に行く」

――『睡蓮宮』。

莉杏は、それがどのようなものなのかを知っていた。ただし、その知識はすべて物語から得たものである。

睡蓮宮とは、かつての皇帝が冬の寒さを避《さ》けるために、そして傷や病を癒《い》やすためにつくった、とても豪華《ごうか》な離宮《りきゅう》だ。

睡蓮宮の中にある睡蓮池には、温泉の湯が引かれていて、池に湯気がたちこめているという幻想的《げんそうてき》な光景がいつでも見られるらしい。

物語の中では、睡蓮池の湯に浸かっている女性を仙女《せんにょ》だと思いこんだ皇帝がいたり、逃《に》げた恋人《こいびと》を追って池の中央で愛の告白をする皇子《おうじ》もいたりした。

ちなみに莉杏は暁月にも、睡蓮池の湯に浸かっていたら仙女と勘違《かんちが》いされてしまった女性の恋物語を読んでもらったことがある。

暁月が「睡蓮池を勝手に使う図々《ずうずう》しい女に惚《ほ》れるかぁ？」と言ったので、莉杏は「それを言ってはいけません！」と抗議《こうぎ》した。

（恋物語の見せ場によく使われているあの睡蓮宮に陛下が行く……！）

暁月が睡蓮池の横に立てば、それだけでうっとりできる光景になるだろう。莉杏は今からうっとりしてしまった。

「……あのさぁ、阿呆《あほう》が何人かいるけれど」

暁月はため息をつく。

「あんたたちを集めておきながら、ただ温泉に行きますって話で終わるわけがないだろう。意味をそのまま取らないでくれる？」

莉杏は、憧《あこが》れの睡蓮宮のことで頭がいっぱいになっていて、暁月の言いたいことを理解しようとしていなかった。表情を慌《あわ》てて引きしめ、どうして睡蓮宮に行くことになったのかを考えてみる。

（『若手の官吏』が重要になってくるのかしら？）

莉杏が最初に『どうして』と思ったところが、暁月の言いたいところでもあるのかもしれない。

「冬っていうのはさ、畑はともかく、田は次に備えて土を乾《かわ》かしておくときだから、農民の手が比較的《ひかくてき》空くわけ。それで、あれやってこれ手伝ってと農民に言えるから、物をあれこれと直す時季になっていているんだよ。道や橋、建物なんかをね」

工事の計画を立てるのが文官、工事の指揮を執《と》るのが武官である。

今年の冬は、睡蓮宮を直す大がかりな工事をするのかもしれない、と莉杏は考えた。

（でも、それならここに工部尚書《こうぶしょうしょ》と布将軍を呼ぶわよね……？）

その大がかりな工事になにか問題があって、暁月は信頼《しんらい》できる人物のうち、特に若い者に相談をしようとしている……のだろうか。

「冬になると北方に雪が降る。北国の動きが鈍《にぶ》くなるおかげで、そっちの動きを警戒《けいかい》しなくていい。雪が降らないこの国にとっては、他の季節に比べたらそういう意味でものんびりできるときなわけ」

だから睡蓮宮に行くと暁月が言い出せた。それは莉杏にも理解できた。

「この国に余裕《よゆう》なんてないけれど、余裕がなくてもすべきことは山ほどあるんだよ。冬になれば、比較的優先順位が低いものにも手をつけられるってこと。はい、阿呆への説明は終わり」

暁月は卓《たく》に置いてあったものを手に取る。それは手のひらぐらいの大きさの薄《うす》い紙だった。

「これには問題が書いてある」

「……問題？」

双秋は隣《となり》にいた莉杏に「わかります？」という視線を送った。

莉杏は双秋に「わかりません」という視線を送り返す。

「先の皇帝や先々皇帝が残してくれた『問題』だよ。優先順位が低いから、後回しにしていたやつね。あんたらはこれを一枚ずつ受け取って、この冬の間に解決するんだ」

暁月は四枚の紙を扇のように広げたあと、それらを混ぜてから重ねた。

「一人ずつさっさと取りにこい」

進勇と碧玲は顔を見合わせたあと、困惑《こんわく》しつつも暁月のところへ紙を取りに行った。二人は上から一枚ずつ取り、次の人にどうぞと場を譲《ゆず》る。

「妙《みょう》なのが当たりませんように……」

うわ、という表情になっている双秋も、紙を受け取りに行った。

そして、最後の一枚は海成に引き取られる。

「裏面に問題が書いてある。温泉を楽しんでいる俺の手を借りようとするやつは、令外官にして、誰もいない島へ赴任《ふにん》させてやるからな。そこで余生を楽しめよ」

若き官吏たちは手にもっている紙を裏返し、文字を読んだ。

最初に反応したのは海成だ。

「陛下、これは……」

「あんた、おれの話を聞いてた？　島に飛ばされたいわけ？」

「……無理です。引き直しをさせてください」

「はぁ？　あんたも阿呆の仲間入りをしたい？　その紙はあんたにわざと引かせたんだよ。どうせ一番最後に取りにくるだろうと思ったからさぁ」

暁月が海成の行動を読み、引かせたい問題を見事に引かせていた。

莉杏は、暁月の『問題を混ぜたように見せながら、こっそり細工をしていた』という手《て》癖《くせ》の悪さに感動する。

「すごいです……！」

莉杏が眼《め》を輝かせていると、暁月が鼻で嘲《わら》った。

「こいつ、石橋は誰かに渡《わた》らせて、それから自分で渡るやつだからな。絶対に安全策を取るんだよ」

「海成は慎重《しんちょう》なのですね。わたくし、覚えておきます！」

「おまけに、こいつらに遠慮《えんりょ》しているみたいだし？　海成、覚えておけよ。こいつらは仲よしこよしってわけじゃない」

『こいつら』というのは、進勇と碧玲と双秋のことだ。

暁月による正規の手段での皇帝位簒奪《さんだつ》計画に協力したこの三人は、暁月の側近だと誰からも認識《にんしき》されている。

莉杏も、苦楽を共にする仲間だったこの三人の仲はいいと思っていたのだけれど、どうやら違《ちが》うらしい。

莉杏がびっくりしているうしろで、海成がため息をついた。

「これは本当に無理です……」

「どうにかしろ」

「……できませんって」

無理だと言いながらも、海成はとても真剣《しんけん》な顔をしている。きっともうこれからのことを考えているのだ。

「うわ〜、こんなの絶対に解けません」

反対に、やる気というものを失ったという顔をしているのは双秋だ。

「陛下、これってどうしてもやらないといけないやつですか？」

「どうしてもやらないといけないやつだ。次に同じことを訊《き》いてきたら、誰《だれ》もいない島で好きなだけ同じことを言い続けてもらうからな」

暁月から真面目にやれと言われた双秋は、勘弁《かんべん》してくださいよと呟《つぶや》く。

「難しいですね……」

「……どうやったらいいのか」

進勇と碧玲は、答えがすぐに思《おも》い浮《う》かばなかったようだ。

「話はこれで終わり。あとは好きなだけ勝手に悩めよ」

暁月は四人を激励《げきれい》したあと、出ていけと手で払《はら》った。

一問目

暁月《あかつき》の側近たちは、冬の間に解かなくてはならない問題というものに頭をひねっていた。

その中で真っ先に動き出したのは双秋《そうしゅう》だ。

「皇后陛下《こうごうへいか》、ちょっといいですか？」

莉杏《りあん》は、皇帝《こうてい》の執務室《しつむしつ》を出たすぐのところで双秋に話しかけられる。勿論《もちろん》ですと答え、きょろきょろと周りを見た。

「お話は部屋の中で聞いた方がいいでしょうか？」

「立ち話で……、あ、いや、やっぱり内緒話《ないしょばなし》にした方がいいですね。一応ですけれど」

莉杏と双秋は、近くにある資料庫へ入る。

双秋はすぐに先ほど渡《わた》されたばかりの紙を、莉杏に「どうぞ」と渡してきた。

「俺の問題、これだったんですよ」

「わたくしが読んでもいいのですか？」

「陛下が駄目《だめ》だと言わなかったので、いいんですよ」

双秋は、暁月から「一言多いどころか、三言多い。それを直さないと一生出世できないからねぇ」と言われている男である。

しかし、本人にはその癖《くせ》を直す気がまったくなく、基本的に「まあいいか。面白《おもしろ》そうですし」で大体のことをすませようとするので、暁月のありがたい助言は常に活用されていない状態だ。

「ええっと、『嘉元妃《かもとひ》をきちんと埋葬《まいそう》したいから、皆《みな》がそれに納得《なっとく》できる理由をつくれ』。嘉元妃とは、たしか嘉瑶明《ようめい》という名前の……」

莉杏は、皇族の系譜《けいふ》を思い出す。

「陛下のお父さま……先々皇帝陛下の二人目の皇后さま、ですよね？」

「はい。先々皇帝陛下の怒《いか》りを買い、追放され、そして追放先で殺され、埋葬すらされずに野晒《のざら》しにされた廃后《はいこう》です」

暁月の父親には、四人の皇后がいた。四人目の皇后以外は、様々な理由により殺されてしまったという話を、莉杏は泉永《せんえい》から教わっている。

「嘉元妃が廃后になったとき、俺はまだ子どもでした。それでも、おれはその話を耳にしたんですよね。あれは本当に大きな事件だったんでしょうねぇ」

たしか嘉元妃が廃后になったのは、二十二年前のことだったはずだ。二十二年前だと莉杏はまだ生まれていないので、莉杏にとっては『懐《なつ》かしい話』ではなく『習った歴史』という感覚である。

「これ、面倒《めんどう》な話なんですよ。予算と、建前ってやつですね」

予算の話はわかる。しかし、建前については、曖昧《あいまい》な表現すぎて、莉杏はどう捉《とら》えればいいのかわからなかった。

「皇后陛下も一緒《いっしょ》に考えてくれませんか。俺を助けると思って！」

ぜひ！　と双秋に頼《たの》まれ、莉杏は首をかしげた。

「双秋を助ける以外の理由もあるのですか？」

「あ〜、いや、今改めて考えてみたら、最初から最後まで俺を助ける以外の理由はなかったです」

あははと双秋は笑いつつも、頼みますとさらに押してきた。

「これは偉《えら》い人同士の間で起きた事件ですからね。最後は偉い人が出てこないと上手《うま》くまとまらないんですよ」

双秋は武官《ぶかん》だ。平民に比べたら、金も地位も権力も遥《はる》かにもっている。しかし、将軍職についているというわけではないので、なんでも自由にできるような力はない。今はまだ暁月と親しく話せるというだけなのだ。

「最後は偉い人のお力を借りるとわかっているのなら、最初から頼《たよ》った方がなにかと早いですからね。権力がないと、なにをするにしても大変なんですよ。それでは、また改めて相談にきますので」

双秋はおやすみなさいと言って話を切り上げ、資料庫から出ていく。

莉杏は、なにからするべきかを考え始めた。

「嘉瑶明元妃……。歴史のお勉強のつもりでいると、わかることが少ないかも」

歴史書に記されるのは、いつ皇后になり、いつ亡《な》くなったのかという事実のみだ。

皇后になるまでの流れ、そしてどのような背景があって殺されてしまったのかは、当時の人たちの話が一番頼りになる。

莉杏は皇帝の私室に戻り、双秋の問題を紙に書き出し、どこでなにを調べたらいいのかを寝台《しんだい》の中で決めていった。

そのうち段々と眠《ねむ》くなってきて、ついにあくびが出たとき、ようやく暁月が寝室《しんしつ》に入ってくる。

「陛下！　お帰りなさいませ！」

今夜はもう姿を見られないと思っていた。

起き上がった莉杏が喜ぶと、暁月が「ただいま」と言いながら莉杏の頭を撫《な》でる。

「ん？　それは……」

暁月は、莉杏の手の中にある紙に書かれた言葉を読み取ったらしい。しかし、「ああ、双秋か」だけですませてしまった。

「あいつは本当にさっさと諦《あきら》めるよねぇ」

暁月の言い方からすると、双秋が莉杏に相談することは、予想通りの展開だったのだろう。

「これは相談しながら解いてもいい問題なのですか？」

「まぁね。でも、おれに相談してきたら蹴《け》り飛ばす。あいつもそのぐらいはわかっているんだろうよ」

双秋は「陛下が駄目と言わなかったから駄目ではない」と言い、暁月は「あいつもそのぐらいはわかっている」と言った。

二人は禁軍《きんぐん》時代から上司と部下という関係だったこともあり、大事なところを互いにしっかり理解できているようだ。

（信頼《しんらい》という絆があるのね。素敵《すてき》だわ）

莉杏も、いつかは暁月とそういう関係になりたい。そのためには、きっと時間と色々な経験が必要なのだろう。

「このおれがわざわざあいつらの手に余る問題にしてやったんだ。しっかり苦労してくれよな」

「……でしたら、もしかして、宰相《さいしょう》や将軍ならどうにかできる問題なのですか？」

「登朗《とうろう》はあの年まで武官としてやってきただけあって、こういう水面下の説得とかも上手くやれるやつだ。弦祥《げんしょう》は、その人望と権力を使って力技《ちからわざ》でどうにかするだろう。進勇《しんゆう》たちは人望も権力もいまいちだ。海成《かいせい》には説得力と人望があるから、特別に最高難易度のものを用意してやった。おれは親切だからさぁ」

海成が聞いていたら「親切の意味が違《ちが》いますよ」と心の中で反論しただろう。

しかし、この場にいるのは莉杏だけなので、暁月は尊敬のまなざしを向けられてしまう。

「陛下は皆をとてもよく見ているのですね！」

「そうそう。皇帝ってそういう仕事なわけ。あんな細々した問題、皇帝がいちいちやっていられるかよ。言っておくけれど、あんたもあんたの仕事があるからね」

「わたくしもあの紙をもらうのですか？」

「あんたは皇后として『相談される』という仕事をするんだ」

——相談されることが仕事。

莉杏はずっと相談をしてきた側だった。なにか問題があるたびに、暁月や女官長《にょかんちょう》や女官や宮女《きゅうじょ》、教師をしてくれている泉永《せんえい》や海成、それに守ってくれる武官たちの助けを借り、乗《の》り越《こ》えてきたのだ。

逆の立場になれと言われても、最初になにをしたらいいのかもわからない。

「あいつらは手に余る仕事を渡された。けれども、おれには相談してくるなと言われている。なら、あいつらはあんたを頼るしかない。双秋なら早々にあんたを巻きこんで楽をしようとするし、他の連中は……まあ、あんたの好きなようにやってみな」

「はい！」

がんばります、と莉杏は意気《いき》ごんだ。

「あと、なんで相談されないといけないのか、相談の先にあるものの意味も考えろよ」

「わかりました！」

上に立つ者は、皆をよく見ておかなければならない。相談中の何気ない一言から、解決に繋《つな》がるものを得ることもあるのだ。相談しやすい環境《かんきょう》づくりは大切である。

（わたくしは『相談しやすい』以上のことを求められているはず。……これは陛下からの久しぶりの問題だわ！　嬉《うれ》しい！）

暁月はいつだって、皆から「こうしたいけれど、どうだろうか」という相談をされている。莉杏は当たり前のことだと受け止めていたけれど、きっとこれは当たり前のことではないのだ。

「わたくし、みんなから相談されている陛下のお気持ちをもっと理解したいです」

「はぁ？　おれの気持ちを理解してどうするんだ？」

「双秋と陛下のように信頼し合いたいのです。お二人の関係を素敵だと思いました」

莉杏が大きな瞳《ひとみ》をきらきらと輝《かがや》かせると、暁月が呆《あき》れたように笑う。

「あれは互《たが》いにある程度のところで諦めているっていうんだよ。おれの気持ちを理解したいのなら、一緒に双秋へ呆れてくれよな」

やれやれと言いつつ、暁月は寝台に寝転《ねころ》がった。

「信頼し合っている関係はたしかに楽だけれどねぇ。でも言葉なしで通じ合うのは、仕事だけでいい」

──なにを思っているのかを声にする。

──紡《つむ》がれた言葉を信じてもらうために、行動で示す。

これはいつも莉杏が暁月にしていることだ。

暁月は、その心地《ここち》よさをもう知っている。知っているから……。

「おれは、好きな女にそこそこ手間暇《てまひま》かけたい派なんだよ」

莉杏へきちんと返したいと思っている。

「だからあんたもおれに手間暇かけろよ。今日のくだらない出来事を話したり、嬉しかったら嬉しいって飛びついてきたり、手抜《てぬ》きせずにさぁ」

そして莉杏に返せば、必ずしっかり受け止めてもらえるのだ。

「わかりました！　陛下！　あのですね、今日、わたくし……！」

莉杏が暁月に抱《だ》きつき、はしゃぎながら暁月にとってどうでもいい話を始める。

（……皇帝と皇后は、情報の共有を絶対にしなければならないんだが、こいつはその大事なことをおしゃべりという形で当たり前にできるんだよな）

暁月はときどき「へぇ」「ふーん」と気のない合いの手を入れつつも、きちんと莉杏の話を聞き続けた。

次の日、莉杏《りあん》は後宮で皇后の仕事を終わらせたあと、先々皇帝の二番目の皇后である『嘉瑶明《かようめい》』について調べてみた。

茘枝城《れいしじょう》の資料庫に置かれている歴史書には、嘉瑶明が誰《だれ》の娘《むすめ》であったのかと、いつ皇后になり、いつ罪に問われ、いつ罪が確定したのかが記されていた。

しかし、それだけでは双秋《そうしゅう》が求める答えに繋がらない。

莉杏は、後宮史《こうきゅうし》や当時の後宮にいた女官の証言が役立つだろうと思い、女官長に尋《たず》ねてみた。

「女官長は、先々皇帝陛下の二番目の皇后陛下であった嘉瑶明元妃を知っていますか？」

「嘉元妃……ですか。私はそのころ、後宮にいませんでした。当時の後宮にいた者たちに、お世話をしたことがあるかどうかを聞いてみますね」

「嘉元妃が後宮を出ていくことになった事件の少し前からの後宮史も見てみたいです」

「わかりました。ご用意します」

すぐに女官たちが、嘉瑶明の名前が記されている部分の後宮史や日誌を皇后の部屋に届けてくれる。

後宮史に載《の》っていたのは、嘉皇后の前で無礼を働いた妃《きさき》がいて、嘉皇后が妃を平手打ちしようとしたら、手が先々皇帝の顔に当たってしまい、怒《おこ》らせ、後宮から追放されることになってしまったという話だった。そして、それを諫《いさ》めようとした臣下《しんか》たちも罰《ばっ》せられた……ということも書かれている。

「皇帝陛下を傷つけたという罪は重い……」

本人にその気がなくても、ぶつかった相手にかすり傷を負わせてしまうことはある。普《ふ》通《つう》は謝れば許してもらえるだろうし、相手が騒《さわ》いだとしても、よほどのことがない限り罪にはならない。

しかし、相手が皇帝であれば、かすり傷一つで大逆罪になってしまうのだ。そうなれば、罪を犯《おか》した本人だけではなく、一族全員も罰《ばつ》を受けることになってしまう。

「これはかなり難しい問題だわ」

大逆罪に問われた廃后の罪を許して墓をつくることは、暁月《あかつき》でさえも「やれ」の一言ではできなかった。

「陛下にとって、この事件は生まれる前の出来事よね？」

暁月はどうして墓をつくりたいと思ったのだろうか。

きっと暁月にとっては、今更《いまさら》の話ではないはずだ。優先順位が低くても、やりたいことの一つだったのだろう。

（お母さま同士が親しかったとか……？）

問題の解決も大事だけれど、暁月が動いた理由も知る必要がありそうだ。


莉杏は、暁月の乳兄弟《ちきょうだい》で従者をしている泉永にも話を聞いてみた。

泉永は莉杏の質問に丁寧《ていねい》に答えてくれる。

「このころ、先々皇帝陛下は嘉元妃から犀元妃《さいもとひ》に寵愛《ちょうあい》を移しつつありました。そして、桃花《とうか》の宴《うたげ》のとき、犀元妃が当時皇后だった嘉元妃よりも先に皇帝陛下へご挨拶《あいさつ》をするというとても無礼なことをしたのです」

「それで嘉元妃が犀元妃に平手打ちをしようとしたのですね」

「はい。嘉元妃は、そのときに先々皇帝陛下のお顔を誤って傷つけてしまい、先々皇帝陛下を怒らせ、後宮から追放されました。嘉一族と、彼らと親しかった瑠《る》一族が嘉元妃を庇《かば》ったのですが、先々皇帝陛下はどちらにも厳しい処分を下しました。そして、嘉元妃は追放先で何者かに殺されてしまいました」

以前、皇族について教えてもらったときは、歴史の授業のような感覚でいた。

しかし今は、身近に起こった話を聞いているという感覚になっている。

「この事件には政《まつりごと》の勢力争いも関係していたのですか？」

「単純に、犀元妃がそれだけ寵愛を受けていたという話でいいと思います。その犀元妃も、皇后になれず、先々皇帝陛下の寵愛が離《はな》れていったあとは、ふとしたことで先々皇帝陛下の怒りを買い、道教院《どうきょういん》へ入れられました」

後宮物語の中のどろどろとした部分が、実際に先々皇帝の時代にあった。莉杏はごくりと喉《のど》を鳴らしてしまう。

「嘉元妃と陛下のお母さまは親しい間柄《あいだがら》だったのですか？」

「翠妃《すいひ》と親しかったという話は聞いたことがありませんね。もしかしたら、私が知らないだけかもしれませんが……」

「翠家と嘉家は仲がよかったのですか？」

「悪くはなかったと思います。ですが、嘉家と共に罰を与《あた》えられることになった瑠家の方が親しかったはずですね」

泉永の話からすると、暁月が嘉元妃の墓を個人的になんとかしてあげたかった……という話でもなさそうだ。

（政が関わっているのかも。……だとしたら、もっと難しい問題になるわ）

暁月はその難しい問題の答えを、いつもしっかり考えている。

莉杏はまだ暁月の相談相手にはなれないけれど、それでも隣《となり》で一緒に考えることはしたい。

「皇后陛下、後宮でなにかあったのですか？」

泉永が心配そうな顔をするので、莉杏は慌《あわ》てて首を横に振《ふ》った。

「わたくしは双秋の宿題のお手伝いをしているのです。どうしたらいいのかを双秋から相談されたので、色々調べているところです」

「なるほど、相談相手に皇后陛下を選んだ……。双秋殿《どの》はお目が高いですね」

事情を知った泉永は、莉杏に優《やさ》しく微笑《ほほえ》んだ。

「私もなにかあったら皇后陛下に相談したくなると思います」

「そうなのですか？」

莉杏が泉永に相談されるようなことがあるとしたら、暁月に関わる話だろう。しかし、泉永は莉杏よりも暁月に詳しい。莉杏では役に立てなさそうだ。

「皇后陛下は、私の話をしっかり聞いてくださり、優しい言葉をかけてくださる方ですからね」

相談しやすい雰囲気《ふんいき》づくりは大事だと、莉杏もわかっている。

具体的にどうすべきかの欠片《かけら》が、泉永のおかげでちらりと見えた気がした。

「泉永が相談相手に求めるものはなんでしょうか」

莉杏の疑問に、泉永はそうですね……と今までのことを振り返った。

「相談といっても、適切な助言がほしいときと、相談という形をとって愚痴《ぐち》を聞いてほしいだけのときもありますね。相談する相手を目的に応じて無意識に選んでいる気がします」

莉杏は、愚痴を聞いてほしいと言われたことがない。首をかしげつつ、不思議に思ったことをくちにする。

「最初から『愚痴を聞いてほしい』というお願いはしないのですか？」

相談という形をとる必要がどうしてあるのだろうか。

莉杏の疑問に、泉永は苦笑《くしょう》した。

「愚痴を言うのは、遠回しに慰《なぐさ》めてほしいとお願いしているようなものです。大の大人がそんなことを頼むなんて情けない……と、つい人の目を気にしてしまうんですよね。ですが相談なら、対等な立場で意見を求めているという形にできますから」

相談には色々な形があるということを、莉杏は初めて意識する。

（助言がほしいときと、愚痴を聞いてほしいときがある。助言がほしいときは頼りになりそうな人を選ぶし、愚痴を聞いてほしいときは話をしっかり聞いてくれる人を選ぶ。相談される側も、無意識にどちらなのかを判断しているのかもしれない）

莉杏は、双秋がなにを求めてきたのかを考えてみた。

双秋は莉杏に話を聞いてほしいという気持ちもあっただろうけれど、自分の手に余るところがあれば皇后の権力を使って助けてくれという『お願い』をしてきたのだろう。それを相談という形にして伝えてきたのだ。


莉杏《りあん》は、色々な調べものをしたあと、暁月《あかつき》に直接疑問をぶつけてみた。

「陛下はどうして嘉《か》元妃のお墓をつくりたいのですか？」

夫婦《ふうふ》の寝台に、墓をつくるつくらないの話題をもちこむのはありえないだろうけれど、莉杏も暁月も当たり前のように会話を続ける。

「嘉家出身の見どころのあるやつがいて、そこそこ出世してほしいんだけれど、罪人の一族みたいな扱《あつか》いをされているんだよねぇ」

「嘉家の名誉《めいよ》を回復したいのですね！」

暁月のくちからわかりやすい答えがあっさり出てきた。

莉杏はそれなら……と首をかしげる。

「陛下のご命令で新しくお墓をつくるのはやっぱり駄目なのですか？」

「巻《ま》き添《ぞ》えくらって罰を受けた瑠家《るけ》が、嘉家を恨《うら》んでいるんだよ。なんであんな奴《やつ》らの墓をつくらないといけないんだってね。つくろうなんて言ったら、そんな予算はないと反対するさ。実際ないわけだし。で、瑠家にも見どころのあるやつがいるんだ」

「そうだったのですね……」

単純な話に見えて、やはり単純ではなかった。

双秋《そうしゅう》が言っていた『予算と建前』の意味を、ようやく摑《つか》めてきた気がする。

「陛下のご命令ではなく、なにか理由があって嘉元妃の罪を許し、お墓をつくらなければならなくなった。そういう形にする必要があるのですね。そして、その理由が瑠家にも納得できるものでなければならない……」

「そうそう。双秋にもたまには頭を使ってもらわないとなぁ。あいつ、すぐ楽をしようとするし、余計なことばっかり喋《しゃべ》るし」

暁月は呆れた声を出した。しかし、莉杏に「手を貸すな」とは言わない。これは協力してなんとかしろという意味なのだ。

「陛下はわたくしにお墓をつくりたい理由を教えてもよかったのですか？　わたくしは楽をしてしまっていますよ」

「そういうのはね、時と場合によるわけ。おれはどっちかっていうと、石橋を叩《たた》いて渡るやつの方が助かる。いちいち報告と相談をされたら死ぬほど面倒だけれど、やっかいな事態にはならない。だからあんたは、素直にべらべら報告して素直に聞きにきてもいいんだよ。駄目なときは駄目って言うからさ」

「はいっ！」

　暁月が「報告してもいいし、尋ねてもいい」とはっきり言ってくれたおかげで、莉杏はほっとする。これから「聞いてもいいのかな？」と迷うことはない。

（……あ、これも『相談』に必要なことかも！）

　双秋のように誰にでも気軽に声をかけられる人もいれば、そうではない人もいるはずだ。雰囲気をよくするだけではなく、いざというときは莉杏から声をかけにいくのもいいかもしれない。

（どういう形の相談がしたいのかを……ううん、その前に、相談をしたいのか、したくないのか、したいけれどためらっているのかも大切にしないといけないわ）

　相手をよく見ておかないと、勇気を潰《つぶ》してしまうかもしれない。

　暁月から与えられた新しい課題は、とても難しかった。

「あんたさぁ、眼《め》の前《まえ》のことへ夢中になれるのはいいけれど」

　暁月の人差し指が、莉杏の眼の前でくるくると動く。

「遠くのこともたまには考えなよ」

　そして、その指は窓の外に向けられた。

「遠く……？」

「そう。おれはあんたたちを集めて、最初になんて言った?」

「ええっと……」

莉杏は、あのときの話を思い出す。

紙を配る……いや、その前だ。冬だから比較的《ひかくてき》手が空いている……のさらに前だ。

「『冬だから睡蓮宮《すいれんきゅう》に行く』?」

「正解。もっと喜べよ。おれと、あんたで、温泉に行くの」

暁月の言葉に、莉杏はもう一度しっかり考え……大きな声が出た。

「あっ、あ! 陛下とお出かけです! 温泉に!」

「そうだよ。暖かいところでゆっくりしようって話でもあるんだよ、これは」

「睡蓮宮! わたくし、物語で読んで知っています!」

莉杏は手を動かし、睡蓮宮の睡蓮池の話を始めた。

「睡蓮池は、温泉のお湯を引いているから、いつも湯気が立ちこめていて、その中に睡蓮が咲《さ》いていて、とても幻想的《げんそうてき》な光景だそうです! 本当なのですか⁉」

「本当だよ。一回だけ行ったことがある」

「わたくし、陛下と一緒に池を見て、池の周りを歩きたいです!」

わぁ! と莉杏の頰《ほお》が赤く染まる。

暁月は、気分が乗ったらいいよと答えた。

「温泉に入ると、肌《はだ》が綺麗《きれい》になるというのは本当ですか⁉」

「どうなんだろうな。でも、歴代の皇后には人気だったから、そうかもねぇ」

「すごく楽しみです！」

先ほどまで真剣《しんけん》な顔つきで墓の話をしていた莉杏が、ぱっと気分を切《き》り替《か》え、喜びを全身で表していく。

「陛下、温泉はとても身体《からだ》にいいのだそうです！　一緒に長生きしましょう！」

「あんたって、ときどき年齢《ねんれい》に合わないことを言うよなぁ……」

まあいいか、と暁月はほんの少し笑った。

「陛下も疲《つか》れを癒《い》やしたいときがあるのですね。温泉に入っている暇なんかないと、そうおっしゃると思っていました」

「あんたの言う通り、温泉に浸《つ》かっている暇なんてないよ。でも、年に一度、皇帝が入りにくるほどの名湯ってのが、あそこの売りだからさぁ。民《たみ》にそれで商売させてやらないと駄目だろ」
・
暁月がなにを考えているのか、莉杏はひとつひとつ学んでいる最中だ。

今回の睡蓮宮行きで、暁月への理解をもっと深めたかった。

莉杏の寝つきはとてもいい。あれだけはしゃいでいても、すぐ眠ってしまった。

暁月は莉杏の寝顔《ねがお》を眺《なが》めながら、ふっと表情を和らげる。

「あんた、いつもいい反応するよな」

——温泉へ一緒に行く。ただそれだけのことなのに、莉杏は大喜びしてくれた。

こんなに単純で大丈夫《だいじょうぶ》なのかと、笑い声を立てそうになる。

「そういうところはまだ子どもなんだけれどねぇ」

莉杏はいつの間にか、教えてもいないのに、当たり前のようにこちらの意図を考えるようになっていた。

暁月はそのことを嬉しく思う。

「進勇《しんゆう》たちもそのぐらいはしてくれよ」

進勇と碧玲《へきれい》は素直すぎて、皇帝の命令に従うだけで終わる。

双秋は不真面目すぎて、こちらの意図を読めても無視する。

「海成《かいせい》はできるやつだけれど、今回ばかりは手に余りそうだからな。……さて、海成はおれの意図を読むところまでいけるかねぇ」

暁月は、海成がどんな答えを出してきたとしても、それが正解だろうと信じている。海成の問題はそこではないのだ。

「おれの皇后はできる女だ。それをそろそろ実感してくれよ」

暁月はここにいない海成へ、つい自慢《じまん》をしてしまった。


翌日、莉杏《りあん》は暁月《あかつき》から問題を出された四人に声をかけてみた。

自ら莉杏のところにきた双秋《そうしゅう》はともかく、他の三人には皇后に相談してもいいという選択肢《せんたくし》をちらりと見せておきたかったのだ。

（本当はそっとしておいてほしい人もいるかもしれないけれど……）

初めてのことなので、どちらがいいのかはどうしても手探《てさぐ》りになる。

まずは海成《かいせい》のところに行ってみた。

「陛下の問題ですか？　今は礼部《れいぶ》に協力をお願いして資料を集めているところです。準備ができ次第《しだい》、皇后陛下にもご協力をして頂くつもりですので、そのときはお力添《ちからぞ》えをよろしくお願いします」

海成は暁月から難しい問題を与えられている。しかし、今のところは方向性に迷っているような様子はなさそうだ。そして、莉杏に協力を求めたいとはっきり言ってきた。

「わたくしはいつでも海成に協力しますね」

なにができるのかはわからないけれど、できる限りのことをしよう。

莉杏はそんなことを考えながら、次は碧玲《へきれい》のところに向かった。

「今は問題に関係する者たちから話を聞いている最中です。あとで……いいえ、皇后陛下には先にお話をしておかなければなりませんね。後宮にある後宮史をお借りしようと思っています。後宮の妃について調べたいことがあるんです」

碧玲もまた、莉杏に助言を求めてこなかったけれど、後宮で調べものをしたいという話をきちんとしてくれた。それは、碧玲が莉杏を皇后だと認めて尊重しているからこその行動である。

「後宮には女官や宮女の日誌もあります。必要なら女官長に申しつけてくださいね」

莉杏が、公的にまとめられたものが後宮史以外にもあるということを教えると、碧玲は眼を見開いた。

「後宮にもそのようなものが残されているのですね。とても助かります。教えてくださってありがとうございます……！」

碧玲が助かったという表情になっている。

莉杏は、先回りの助言をしてよかったとほっとした。

「皇帝陛下からの問題ですか？　まずは自分だけでがんばってみようと思います。いつまでも陛下に頼ってばかりではいけませんから」

進勇は、助けを求めるつもりはないと、はっきり意思表示した。

莉杏はがんばってください！　と一生懸命《いっしょうけんめい》に応援《おうえん》する。

「いや～、これどうしたらいいんでしょうね。面子《メンツ》ってものもありますしねぇ」

最初から莉杏を頼ってきた双秋は、暁月が言っていた家同士の因縁《いんねん》の話も知っていたのだろう。莉杏にいい知恵《ちえ》はないのかと期待していた。

(みんな、陛下に与えられた問題への向き合い方が違うのね)

莉杏だったらどうするだろうか。

きっとまず皆に話を聞いたり、資料を集めたりする。

一度自分なりに考えてみて、方向性が定まればその通りに動くし、それでも思いつかなかったら周囲に相談するだろう。

「問題への向き合い方は人によって違う。相談の形も色々ある……」

今のところ、人それぞれだということはわかるのだけれど、それだけだ。相談されることの先にあるものは、まだ見えてこない。

莉杏は暁月からの問題の難しさにため息をついてしまった。

睡蓮宮への皇帝の行幸《ぎょうこう》は、そう派手なものにはしないけれど、それでも皇帝としての最低限の形にはしておかなければならない。

暁月《あかつき》につき従う文官《ぶんかん》や武官だけでも大人数になるのに、後宮の女官や宮女の半分ほども莉杏《りあん》についていくことになったので、行列をつくっての旅になるだろう。

旅といっても、睡蓮宮までの距離《きょり》はそう長いものではない。人数が多いこともあり、どうしてもゆっくりした移動になってしまうだけで、三日もあれば着いてしまう。急げば二日で行けるらしい。

「準備がとても大変なんですね」

莉杏が、ここ数日ずっと荷物の確認《かくにん》をしている泉永《せんえい》に声をかければ、泉永はそうですねと笑った。

「でも、これは毎年のことですから。どうしたらいいのか、去年の方法が残っているので、その通りにしたら困ることはありません。決まっていないことをするときは、もう眼が回りそうになりますね」

新しく一から始めなければならないことがあるときは、なにからなにまで細かく打ち合わせをしなければならない。莉杏はたしかにそうだったと頷《うなず》く。

この間、わらべうた集というものを初めてつくったけれど、海成《かいせい》という頼りになる協力者がいても大変だったのだ。

「皇后陛下はのんびり楽しんでくださいね。この間までわらべうた集づくりでとても大変でしたし、そのお疲れを温泉で癒やしてほしいんです」

「はい！　陛下と一緒に楽しみます！」

今回の旅には、暁月の従者である泉永は勿論、武官の進勇《しんゆう》、碧玲《へきれい》、双秋《そうしゅう》も同行する。文官の海成は「俺は吏部《りぶ》の文官なので、礼部に全部お任せします」と言っていたので、この茘枝城《れいしじょう》で留守番をするようだ。

そして後宮では、莉杏につきそう女官もそうでない女官も、準備の忙《いそが》しさのあまり廊下《ろうか》を常に早歩きしていた。

「皇后陛下、ここ三十年ほどの後宮史や女官たちの日誌も荷物に入れておきますね」

あるとき、準備の進み具合を報告にきてくれた女官長が、莉杏に不思議なことを言い出す。

「後宮史と日誌……？　睡蓮宮で必要になるのですか？」

「最近、武官の方々が代わる代わる借りにきていたものです。きっと追加で他のものも見たい……とおっしゃるでしょう」

碧玲は後宮史や日誌を借りたいと言っていた。双秋の問題は嘉元妃《か》に関係することだから、双秋も借りたいと言っていたのかもしれない。

（碧玲と双秋は睡蓮宮行きに同行する。史料がほしくなっても茘枝城まで戻るのは無理だわ。きっと女官長は二人の様子を見て、急ぎの仕事のようだから……と気遣《きづか》ったのね）

先回りして碧玲や双秋を助ける女官長に、莉杏は尊敬のまなざしを向ける。女官長はきっと相談というものをされなれていて、どうしたらいいのかという経験を多くもっているのだ。

莉杏は女官たちを手伝うことはできないので、今できること……双秋のための史料集めをがんばることにした。

「刑部《けいぶ》での裁判記録のことを海成に教えてもらえてよかった……！」

赤奏国《せきそうこく》の歴史書や後宮史には、結果という事実が載るだけだ。

女官や宮女の日誌には、彼女たちに関係する記録しか残らない。

しかし、刑部の裁判記録には、事件についての詳しい事実が記されている。

（それが本当に『事実』なのかどうかは別の話だけれど……）

後宮物語では、無実の人が悪人によってよく陥《おとしい》れられていた。

元妃が罪に問われることになったという事件については、見聞きした人の話も重要になってくるけれど、噂話《うわさばなし》というものは真実の欠片すら入っていないこともあるのだと、莉杏は祖母から教えられている。

本当になにがあったのかは、悪人が自分からすべてを話さない限り、他の人にはわからないものなのだ。

「わたくしは、先々皇帝陛下の皇后だった方々の裁判記録を写し、睡蓮宮にもっていきましょう」

双秋に必要なのは嘉瑶明元妃《ようめい》の記録だけれど、このような話の場合は『先例』が重要になる。刑部での裁判の勉強をするときに、毎回出てくる言葉が『先例』だ。

「ええっと、一人目の皇后と、二人目の皇后、三人目の皇后……。四人目の皇后陛下は先々皇帝陛下のお墓にご一緒したのよね」

莉杏にとっては生まれる前の話だけれど、他の人にとってこれらは『この間のこと』だろう。だからお墓をつくるつくらないで揉めてしまうのだ。

舒海成《じょかいせい》は、官吏《かんり》の人事を担当している吏部《りぶ》で働く若き文官だ。

皇帝『暁月《あかつき》』から、皇帝のみが身につけられる特別な色——……禁色《きんじき》と呼ばれる深紅《しんく》に準ずる紅玉を使った小物をもらっていることもあり、間違《まちが》いなく将来は宰相だろうと皆から思われている。

海成自身も、宰相となる道が暁月によって敷《し》かれた以上、期待を上回ることをしようという覚悟《かくご》はあった。

暁月から無理難題を押しつけられても、これまではそれだけ信頼されているからだと自分に言い聞かせてきたけれど、今回はさすがにお手上げ状態である。

「皇帝陛下と皇后陛下の忠臣である皆さんのご意見を聞かせてください」

海成は、睡蓮宮に行く準備をしている進勇《しんゆう》と碧玲《へきれい》、双秋《そうしゅう》、それから暁月の従者である泉永《せんえい》を呼び出し、相談があると切り出した。

「皇帝陛下、もしくは皇后陛下に心酔《しんすい》し、命をかけてくれる美しくて教養のある女性をご存じありませんか？」

海成は、暁月と話すようになってからまだ一年も経《た》っていない。暁月のことはなんとなくわかるようになってきたのだけれど、その周辺のことにはそこまで詳しくないのだ。

それで暁月の側近を集め、問題解決のための情報を求めてみたのだけれど、皆の視線が碧玲に集まってしまった。

「……あ〜、いえ、そうですね。こう……ええっと」

海成は、言い方を間違えてしまったことに気づく。

碧玲はたしかに美人で、皇帝夫妻に命をかけてくれる武人で、翠家《すいけ》の令嬢《れいじょう》としてそれなりの教養があるのだけれど、碧玲は駄目だ。

「碧玲殿は、皇帝陛下と皇后陛下にとってなくてはならない存在なので……」

「……ということは、どうなってもかまわない女性がほしいってことか？」

最初に海成の言いたいことを理解したのは双秋だ。

「そうです。つまり、皇后陛下の身代わりになって敵地に向かってくれる女性ですね。なにかあったときに助けられなくても、それでいいと頷いてくれる人です」

この場にいる全員が、これは皇后に関わるとても大事な話のようだと、意識を切り替えた。そして、各々《おのおの》心当たりを探《さぐ》っていく。

「年齢のご希望は？　十三歳ですよね？」

泉永の質問に、海成は首を横に振る。

「何歳でもいいですが、先方が満足するのは十代後半から二十代ってところでしょうか。若すぎるのも多分お気に召《め》さないかと」

「うわぁ……嫌《いや》な話になってきたな。ちなみに、俺には心当たりがない。ちょっと裕福《ゆうふく》なだけの田舎《いなか》の豪族《ごうぞく》出身なんでね」

双秋は、海成に求められている女性は名家の令嬢で、そしてそれは翠家の二人や暁月の乳兄弟である泉永の方が詳しいだろうと、早々にこの話から一歩引く。

「翠家と交流のある家の令嬢は何人か知っている。だが、皇帝陛下と皇后陛下に命をかけられるような女性となると難しいな」

進勇は知っている名前を書き出すために、泉永に筆記具の用意を頼んだ。

「ご令嬢の両親を抱きこむのはどうでしょうか。金を用意できれば……」

泉永が進勇に紙と筆を渡しながら、海成をちらりと見る。

「無理やりというのは最後の手段です。できれば先方の機嫌《きげん》をとってほしいので、嫌々《いやいや》では困るんですよ」

「な～るほど。だったら、金で綺麗な女を買った方がいいかもな。それから教育して、翠家の養女にするんだ」

海成は既《すで》に一度、双秋と同じ結論に至っていた。それは最悪の手段にしておきたかったのだけれど、やはり最悪の手段に頼るしかなさそうだと判断する。

「……私は、後宮の女官を使うのも一つの方法だと思う」

碧玲の言葉に、皆がたしかにと頷いた。

「女官はそれなりの家の生まれで、容姿に優《すぐ》れていて、後宮で教育されている。皇后陛下のために命を捧《ささ》げられる者もいるはずだ。きっと海成の要望に応えられるだろう」

碧玲はそう言いながら、海成としっかり眼を合わせた。

「どうして『貢物《みつぎもの》用の女性』が必要なんだ？」

海成は静かに息を吐《は》く。そして、言葉を慎重《しんちょう》に選んで言った。

「皇帝陛下から出された問題の答えに必要なんです」

泉永以外は、暁月から出された問題に取り組んでいる最中だ。同じ状況に置かれている海成に仲間意識をもっていたため、できる限り協力してやりたいという気持ちにはなっている。

「……先の皇帝陛下は、港敲国《こうこうこく》の国王陛下がいらっしゃったときに、賭《か》けごとをしました。先の皇帝陛下はこう言いました。もしも自分が負けたら……」

海成は重たいため息をつく。

「――後宮で一番の美姫《びき》を差し上げよう、と」

海成の言葉に、誰もがおおよその事情を把握《はあく》してしまった。そして、四人分の重たいため息が重なる。

双秋はこっそり立ち位置を変えた。この話に関わる気がなくなったのだ。

（かなり重たい問題だけど、俺には関係ないってことで）

自分の問題だけでも投げ捨てたいと思っている最中である。他の人のやっかいな問題まで抱《かか》えられるわけがなかった。

皆がそれぞれの準備を終えれば、いよいよ睡蓮宮に出発だ。

莉杏《りあん》は、移動の最中は双秋《そうしゅう》の問題のことを忘れ、景色を楽しむことにする。

――睡蓮宮行きは年に一度、必ず行われている皇帝の行幸だ。

飢饉《ききん》で苦しんでいたころの民は、贅沢《ぜいたく》の象徴《しょうちょう》でもあるこの行幸を苦々しい気持ちで眺めていたらしい。

しかし、今年は違う。民を救おうとしている皇帝夫婦を一目見たいと、多くの人々が自然と集まり、興奮している。

「わぁ……！　多くの方々が見送ってくださるのですね」

莉杏が馬車の窓からこっそり外の様子を見てはしゃいでいると、暁月《あかつき》が集まった人を眺めて「今年は警備が大変そうだ」と武官に同情した。

「去年はとても静かな旅だったのですか？」

「そうそう。集まった民は皇帝の馬車を見て『早く死んでくれ』って心の中で願っていただろうな。でもまあ、睡蓮宮行きは毎年のことだから、道は整備されているし、途中《とちゅう》で泊《と》まる宿も決まっている。武官が仕事をしっかりしてくれたら、なにも起こらないだろうよ」

暁月の言葉通り、一日目は何事もなくすぎていく。

皇帝御用達《ごようたし》の宿に泊まり、莉杏はいつも通り暁月と寝室を共にしてゆっくり眠るだけでよかったのだけれど……、ふと夜中に眼を覚ましてしまった。

（なにかの声？　……猫《ねこ》？）

莉杏はどうするかを迷う。皇后が動けば、どうしても人を騒がせてしまうのだ。

この部屋の周りだけではなく、宿の周りにも見張りの武官が夜通し立ってくれているので、もし猫が迷いこんだとしてもきっと見つけてくれるはずだ。

(もう少し待ってみて、それでもまだ鳴いているようだったら……)

扉《とびら》の見張りをしている武官に、ちょっと様子を見てきてくれないかと頼んでみよう。

そんなことを考えながら眼をつむっていると、莉杏は猫の声ではないかもしれないと思い直す。

(この声は……)

――あーお。……うぁーお……。

茘枝城《れいしじょう》では聞いたことがなかったけれど、街中でなら聞いたことがある。

(赤ちゃんの声だわ)

あの高い声は、猫の声に似ているのだ。

そうか、なら大丈夫《だいじょうぶ》だと莉杏は安心したあと、勢いよく身体を起こした。

「陛下、陛下、起きてください！」

「……あ？」

「赤ちゃんの泣き声が聞こえます！」

「はぁ？」

晩月の寝起《ねお》きはいい。眼を覚ました晩月はすぐに耳をすませ、勢いよく起き上がり、寝台から降りた。

晩月も、聞こえるはずのない赤《あか》ん坊《ぼう》の声を聞いてしまい、異常事態だと気づいたのだ。

(皇帝陛下の行幸のときは、警護の都合上、宿は貸切《かしきり》になるはず……!)

他の客はいません、と碧玲《へきれい》が言っていた。

そして、同行した武官も文官も、赤ん坊を連れてきていないはずだ。

「おい、この泣き声はなんだ?」

晩月は扉の見張りをしている武官に声をかける。見張りの武官は、「声……? どこからでしょうか」と扉越《とびらご》しに不思議そうに答えた。

「陛下、外から聞こえています。廊下には届いていないのかもしれません」

「一人だけ部屋に入ってこい。声を確認したら外に……」

晩月が武官に入室の許可を出す。

二人いる見張りの武官のうちの一人が、灯《あか》りをもって部屋に入り、窓に近づいた。

しかし、先ほどまで聞こえていたはずの声が、見事なまでにぴたりと止《や》む。

「あの、聞こえないのですが……」

見張りの武官がおそるおそる晩月に報告する。

晩月はため息をついてしまった。

「……また聞こえてきたら呼ぶ。念のために、外の見張りに声をかけてこい。赤ん坊の声が聞こえてこなかったか、とな」

「はっ！」

暁月は必要な指示を出したあと、寝台に腰《こし》かけた。

「莉杏、今は窓に近よるなよ」

「外の様子を見てはいけないのですか？」

「窓を覗《のぞ》きこんだ瞬間《しゅんかん》に矢が飛んでくる……ってこともあるからな。おれを先に起こしたのは正しい判断だ」

莉杏は、とっさのことでなにも考えていなかった。

しかし、少し落ち着いてきた今、ようやく気味が悪くなってくる。

「陛下……」

莉杏の不安そうな声に気づいたのだろう。暁月は「ほら」と莉杏を抱きしめてくれた。

「赤ん坊の声じゃなくて、猫の声だったんだろう。似ているしな」

「……そうですよね」

こんなところにいるはずのない赤ん坊の声が聞こえた。

しかし、見張りの武官を呼んだらぴたりと止まった。

莉杏は、本当に赤ん坊の声を聞いたのか、段々と自信がなくなってくる。

「陛下、お休み中に失礼いたします。外の見張りの武官が、たしかに猫の声を聞いたとのことです。赤ん坊の声だったかどうかは自信がないと……」

「そうか。ならいい」

今のところは猫の声ということでいいのだろう。きっと二人とも聞き間違えたのだ。そして、猫はどこかに去っていった。

(赤ちゃんは一人で移動できない。もし近くまできていたのなら、誰かが赤ちゃんを抱いて連れてきたということになる。……皇帝陛下がお休みになっている部屋の近くに赤ちゃんを抱いて近づいた人がいたのなら、どんな目的だったのかしら)

莉杏はどれだけ考えても、この問題の答えが出てこなかった。

二問目

真夜中に猫《ねこ》の鳴き声を聞いた翌朝、莉杏《りあん》は皇后《こうごう》の護衛である碧玲《へきれい》にその話をした。

「赤《あか》ん坊《ぼう》の泣き声に聞こえた……ですか。たしかに少し似ていますね」

「わたくし、びっくりして陛下《へいか》を起こしてしまって……」

明るい日差《ひざ》しの中で昨夜の出来事を話してみたら、ただの笑い話になってしまった。

けれども、相手は碧玲なので、驚《おどろ》くほど真面目に受け取ってくれる。

「猫とはいえ、皇帝《こうてい》陛下と皇后陛下のお傍《そば》まで近よれてしまうのは大問題です。見張りへもっと気をつけるようにと言っておきましょう」

莉杏としては、そういう話をしたかったのではないけれど、暁月《あかつき》の警護をしっかりしてもらった方がいいのは事実だ。暁月の政《まつりごと》はとても立派で、国内は落ち着き始めているけれど、それでも皇帝というだけで勝手に敵が増えてしまうものなのである。

「本当に赤ちゃんだったら、少し怖《こわ》い話になってしまいますね」

莉杏がそう呟《つぶや》けば、碧玲の顔つきが途端《とたん》に厳しいものになった。

「少しではありません。侵入者《しんにゅうしゃ》がいたという話になってしまうのですから、これはとても怖い話です」

「えぇっと、でも、ほら、生きている人間ではなくて幽霊《ゆうれい》とか……。赤ちゃんを抱《だ》いて近づいてくるなんて、奇妙《きみょう》なお話ですから」

「幽霊であれば、足が遅《おそ》いので問題ありません」

そういえばそうだった、と莉杏は頷《うなず》く。

碧玲と話していると、幽霊が怖くなってしまうのはなぜだろうか。

「……なんだか、後宮《こうきゅう》での幽霊騒動《そうどう》を思い出しますね」

莉杏はほっとしたあと、後宮で起きた事件について振り返ってみた。

以前、後宮で『女性の幽霊が出る』という噂《うわさ》が広まったことがある。しかし、幽霊の正体は仙女《せんにょ》の壁画《へきが》であった。壁画は特別な染料《せんりょう》で描《えが》かれていて、光を吸収して光っていたため、女官《にょかん》や宮女《きゅうじょ》が幽霊と見間違《みまちが》えてしまったのだ。

碧玲はその事実が明らかになったとき、莉杏と共にいた。すぐに『あの話か』という表情になる。

「幽霊の話はどこにでもありますが、ほとんどは後宮の事件と同じように勘違《かんちが》いしたものでしょう。それに、幽霊の話を好む人は、なぜかその噂話《うわさばなし》を膨《ふく》らませたがりますからね。

あのときも女官が……」

碧玲は、後宮で幽霊の噂が流れたとき、積極的にその噂を利用した女官のことを思い出した。そして、はっとして息を吞《の》む。

「そうか、そういうことも……」

莉杏は、突然様子をおかしくした碧玲に声をかける。

「碧玲？　どうかしたのですか？」

莉杏の声で我に返ったのか、碧玲の肩《かた》がびくっと跳《は》ねた。

「なんでも………、っ、いえ、やはり、皇后陛下にはお話を通しておくべきですね」

碧玲は周りを確認《かくにん》するかのように視線を動かしたあと、声を小さくした。

「もしも皇后陛下の身辺で奇妙なことがあったり、奇妙な噂を耳にしても、ご心配なさらないでください」

碧玲の瞳《ひとみ》は、とても真剣《しんけん》だった。

莉杏は、皇后を尊重してくれる碧玲に柔《やわ》らかく微笑《ほほえ》む。

「わかりました」

碧玲なら悪いようには絶対にしない。莉杏はそう言いきれた。


昼ごろになると、赤ん坊の泣き声を聞いたという話が、あちこちから聞こえてくるようになった。

「こういう話を面白《おもしろ》がるやつは、どこにでもいるからなぁ」

暁月は猫の鳴き声で納得《なっとく》していたらしく、特に反応しなかった。

しかし、女官たちは噂を聞いてひそひそ話をしているし、不気味がっている人もいる。

それから、暁月が言っていたように、こういう話を面白がる人も現れた。

「皇后陛下、聞きましたか？　赤ん坊の幽霊が出たらしいですよ！」

双秋《そうしゅう》は新しい噂話に興味津々《きょうみしんしん》という態度を隠《かく》すつもりはないらしく、なにか知らないかと莉杏に声をかけてくる。

「猫の鳴き声と勘違いしただけかもしれませんよ」

実際に勘違いをした莉杏がそう言えば、双秋はとんでもないことを言い出した。

「真実はそういう話でしょうけれど、そうじゃない方が面白いので」

莉杏は双秋のおかげで、噂はこういう人に広められていることを改めて実感する。そして、面白いからという理由で、新しい要素もどんどんつけ加えられているのだろう。

「いや〜、でも、ちょっと先手を取られましたねぇ」

「先手？　どうかしたのですか？」

「いえいえ、赤ん坊の幽霊が出たとしても、猫だとしても、我々の旅についてくるほどの根性《こんじょう》はないでしょう。今夜は出ないはずですので、よしとします」

「はい。きっとこの噂も夜までですね」

莉杏の勘違いも、この噂が広まる原因となったはずだ。怖がっている女官が気の毒なので、早く収まってほしかった。

しかし夕方になると、噂がまた少し変化し、さらに盛り上がる。

女官たちの興奮した声に、莉杏は耳をすませた。

「聞いた⁉　昨夜の赤ちゃんの声の話！」

「知ってる！　赤ちゃんを抱いた女性の幽霊が出たんだって」

元々は赤ん坊の泣き声が聞こえたという話だったのに、昼には赤ん坊の幽霊が出たという話になり、夕方には赤ん坊を抱いた女性の幽霊が出たという話にまで変化する。

（でも、たしかにその方がしっくりくるわ。赤ちゃんは一人で動けないもの）

噂の変化の仕方に、莉杏はうっかり納得してしまった。

「それがね、赤ん坊を抱いた女性が……――潘元妃《はんもとひ》に似ているんですって」

「ええっ⁉　……あ、でも、あの方には皇子《おうじ》がいて……」

「そうそう。皇子も殺されたのよね」

莉杏は、偶然《ぐうぜん》にもつい最近『潘元妃』について調べていた。そのおかげで、彼女についての知識がすらすらと出てくる。

（先々皇帝陛下の一番目の皇后……。でも、宰相《さいしょう》だったお父さまが処刑《しょけい》されることになって、潘元妃は陛下を毒殺しようとしたという理由で追放先で処刑され、生まれたばかりの皇子も殺された……）

猫の鳴き声を聞いてからたった一日で、殺された潘元妃の幽霊話にまで変化した。噂は「かもしれない」から「間違《まちが》いない」になることもあるとわかっていたけれど、それにしても本当に驚くほどの速さで変化している。

「念のために、潘元妃の資料にもう一度眼《め》を通しておこうかしら」

女官長が先々皇帝の時代の後宮史や日誌をもってきてくれている。莉杏もまた、潘元妃たちの裁判記録の写しをもってきている。

運がいいと思いつつ女官長のところに行くと、女官長が申し訳なさそうな顔をした。

「実は先ほど碧玲さまから『潘元妃に関する史料をすべて貸してほしい』と頼《たの》まれたので、お渡《わた》ししてしまったところなんです」

「わたくしは急いでいないので、碧玲のあとで大丈夫《だいじょうぶ》ですよ」

碧玲が莉杏と同じものを求めにきたのは、偶然なのだろうか。碧玲は莉杏とは違《ちが》い、噂話を聞いて気になったからという理由で動くような人ではないはずだ。

(でもこの幽霊話はただの噂だもの。今夜はもうあの鳴き声は聞こえないはずだわ)

きっと明日になったら収まるだろうと、莉杏はそう信じていた。

翌朝、なぜか昨日よりも幽霊話が盛り上がっていた。

自分も赤ん坊の泣き声を聞いたと言い出す者。

俺も白い影《かげ》を見た気がすると語る者。

なんだか気分が悪いと顔色を悪くする者……。

昨日と違い、不気味だという者が減り、面白がっている者が増えている気がする……と莉杏《りあん》は皆《みな》の様子からそんなことを思う。

「阿呆《あほう》ばっかりだな」

暁月《あかつき》は、噂話に興味がなさそうだった。騒《さわ》がしいとは思っているだろうけれど、止める気はなさそうだ。

「旅の途中《とちゅう》で他に話題がないんだろうねぇ。向こうに着いて温泉に入れるってなったら、幽霊話なんてころっと忘れるだろ」

今日の夕方には睡蓮宮《すいれんきゅう》に着く。賑《にぎ》やかな街に入れば、たしかに幽霊よりも眼の前のことに夢中になれるだろう。


「わぁ……！　湯気です！　すごい！」

睡蓮宮がある街は、山の麓《ふもと》にある。山の麓には四つの湯元があり、とても澄《す》んだ温泉が湧《わ》き続けているのだ。この湯は病気にとても効果があると言われていて、天庚国《てんこうこく》の皇帝もよく通っていたという。

莉杏は、街中の水路に流れる大量の湯に圧倒《あっとう》され、馬車の中ではしゃいだ。

「この街には、自由に入れる大きな温泉があるんだよ。それ目当てにきたやつらのための宿と食堂、土産物《みやげもの》屋ができて、女を買う場所もあるってわけ」

「楽しい街なのですね！　みんな、幽霊のことなんて忘れてしまいます！」

暁月の言っていた通り、街に着いたら皆は温泉の話を始める。

あそこの湯がとても肌《はだ》にいいとか、身体《からだ》にいい入り方があるとか、より源泉に近い湯はどこだ、という話題ばかりになり、幽霊話は一気に消えてしまった。

「ここが睡蓮宮……！」

天庚国の皇帝によってつくられ、赤奏国《せきそうこく》の皇帝と皇后に愛されてきた『睡蓮宮』。皇帝や妃《きさき》のための贅沢《ぜいたく》な宮と湯殿《ゆどの》、春秋の花が冬でも咲《さ》く室内庭園は、様々な歴史をつくり出してきた。

金銀や玉、宝石が惜《お》しみなく使われている湯殿は、皇帝専用『月季花《げっきか》』、皇后専用『芙《ふ》蓉《よう》』、皇太子《こうたいし》専用『瑞香《ずいこう》』、官吏《かんり》専用『虎耳草《こじそう》』、妃専用『金木犀《きんもくせい》』の他にもあり、合わせて十六にもなる。

莉杏は早速《さっそく》、皇后専用の湯殿である『芙蓉』を楽しもう……としたかったのだけれど、先に今夜の宴《うたげ》のための身支度《みじたく》に取りかかった。

女官たちは莉杏の準備をしながら、自分たちも着飾《きかざ》っていく。

そして、いよいよ睡蓮宮一日目の夜の盛大《せいだい》な宴が始まった。

——贅《ぜい》を尽《つ》くした料理に、音楽に、舞《まい》や芸。

莉杏は耳も眼も忙《いそが》しくて、皇后としての穏《おだ》やかな微笑みを浮《う》かべることをうっかり忘れ、無邪気《むじゃき》にはしゃいでしまう。

「皇后陛下、こちらは茘枝《れいし》の実と瓜《うり》です。温泉の熱を利用することで、冬でも夏の果物《くだもの》が収穫《しゅうかく》できるんだそうです」

「こちらは春の花と秋の花を使ったお菓子《かし》です。冬の睡蓮宮は、四つの季節が同時に楽しめるんですよ」

莉杏が華《はな》やかで楽しい時間を過ごしていると、どこからか賑やかな声が聞こえてくる。

「すごい！　当たっている！」

「でしょう！　彼《かれ》はこの街で大人気の占《うらな》い師《し》でして……」

どうやら街の人が占い師を連れてきてくれたらしい。女官たちは恋占《こいうらな》いをしてほしいと眼を輝《かがや》かせていた。

「皇后陛下もお願いしてみませんか？」

女官長がこっそり耳打ちしてくれたので、莉杏はどきどきしながら小声で返事をする。

「お願いしてもいいのですか？」

「はい。先の皇帝陛下のお妃さま方は、占い師のところへよくご自分の侍女《じじょ》を代理で行かせていました。後宮外の宴に出席するときは、占い師に直接占ってもらえますので、どなたも占いを楽しんでいましたよ」

莉杏は、期待のまなざしを暁月に向けた。

「陛下、占い師をここに呼んでもいいですか？」

「好きにしろ。でも、妙《みょう》なことを言い出したら摘《つま》み出《だ》せよ」

暁月は占いに興味がないらしい。おれも頼むとは言わなかった。

「陛下には占ってほしいことはないのですか？」

「占ってもやることはなにも変わらないからな。あんたはなにか変わるわけ？」

莉杏は、暁月が自分を好きになってくれるかどうかを占ってほしかった。

もしも、占いの結果が悪かったら……。

「恋《こい》が叶《かな》わないと言われたら、もっとがんばらないといけないと思います！」

「へぇ、なら、恋が叶うと言われたら？」

「もっとがんばります！」

結局同じことを言う莉杏に、暁月が呆《あき》れたような声を出した。

「あんたってさぁ、占いを正しく楽しめていいよねぇ……。まぁ、好きなように楽しめばいいんじゃない？」

「はいっ！」

女官長が女官に指示を出し、占い師へ声をかけに行く。

占い師は待っていましたとすぐに莉杏の近くへきて、易占《えきうらな》いをしてくれた。

「……なんと！　これは素晴《すば》らしい運勢です！」

占い師の言葉に、周りの女官たちが「まあ！」と一緒に喜んでくれる。

「お一人でも素晴らしい巡《めぐ》りですが、お近くにとても相性《あいしょう》のよい方々がいらっしゃいます。共にいることで、偏《かたよ》りなく中庸《ちゅうよう》となる……まさに、比翼連理《ひよくれんり》の絆《きずな》でございます」

占い師は遠回しに、夫婦《ふうふ》の相性がとてもいいと言ってくれた。

「それから……、なくしたもの……とても大事なものが近々出てくるようです」

莉杏は、なくしたものとはなんのことだろうかと考えてみる。

（茘枝城《れいしじょう》にきてからは、女官に荷物を管理してもらっているから……。もっと小さいころの話かも……？）

それはそれで楽しみだと思いながら、女官長に「褒美《ほうび》を」と言う。

占い師は恭《うやうや》しく礼を述べたあと、褒美を大事そうに抱《かか》えながら下がっていった。すると、すぐにその占い師はあちこちから声をかけられる。

「今のやつ、いかにもな占い師だったな。でもまあ、占い師にしてはうるさいやつじゃなかった。緊張《きんちょう》していただけかもしれないけれど」

暁月が『うさんくさい』という眼で、ちらりと占い師を見た。

「いかにもではない占い師とは、どういう占い師ですか？」

莉杏は、占い師に占ってもらうのはこれが初めてだ。

きっと暁月は、このような宴に出ることが何回もあって、占い師に頼むことはなくても、誰かが占ってもらっている光景をよく見ていたのだろう。

「きちんとはっきり、どこでなにが起こるかを具体的に言える占い師なら、いかにもではない占い師だな。いかにもな占い師は、あとからどうとでも解釈《かいしゃく》できるように、曖昧《あいまい》な言い方をするんだよ。なくしたもの、大事なもの、誰《だれ》にだってなにかしらの心当たりがあるからな」

ふん、と暁月が馬鹿にしたように言ったあと、どこかでわっと歓声《かんせい》が上がった。

莉杏がついきょろきょろすると、右手側の奥……武官《ぶかん》がいるところに、占い師の姿が見える。

「それは本当ですか⁉」

占いで驚きの結果が出たらしい。占い師の周りにいる武官たちが騒いでいた。

莉杏はその騒ぎに興味をもったけれど、少し離《はな》れた場所で、しかも武官たちの席だったので、女官に「聞いてきてほしい」と頼むのもはしたないだろう。しかたなく諦《あきら》めることにした。

宴が進み、料理よりも酒という雰囲気《ふんいき》になり始めたら、暁月は莉杏へ先に戻《もど》るよう命じる。

莉杏は女官たちにつきそわれて退出し、ようやく皇后専用『芙蓉』の湯殿をゆっくり楽しむことになった。

「うわぁ……！」

皇后専用の湯殿は、とにかく広い。

中央には紫水晶《むらさきずいしょう》でつくられた芙蓉の花が咲き誇《ほこ》っていて、そこから湯がどんどん出てくる。

どんな仕組みになっているのだろうかと、わくわくしながら近づいてみれば、芙蓉の花の中心部分が黄水晶《きずいしょう》であることに気づいた。あちこちをもっとよく見てみると、紫水晶の芙蓉の花を飾《かざ》っている台座には、金で葉の模様も描かれていることがわかる。

「いい匂《にお》い……」

どうやら紫水晶の花の中で香木《こうぼく》を焚《た》いているようだ。湯にその匂いがほんのり移っていた。

「これが、歴代の皇后陛下に愛された『芙蓉』なのね……！」

うっとりしながらたっぷりの湯に浸《つ》かると、じんわりとした熱に包まれる。

――物語の中の出来事が現実になっている。

莉杏は感激した。これを一人で楽しむのはあまりにも贅沢だろう。

しかし、皇后らしくするのも大事なことだ。できるだけこの感動をしっかり楽しんでおこう。

(今夜は早目に上がらないと)

女官たちは、莉杏の世話が終わったら女官専用の温泉に入りたいはずだ。

莉杏にできることは、長湯せずに誰よりも早く休んでしまうことである。

早々に莉杏が湯殿から出ると、女官たちは驚いた。

「皇后陛下、もうよろしいのですか？」

「今日は疲《つか》れてしまったので、温泉で寝《ね》てしまいそうなのです」

「そうだったのですね。では、早めにお休みになってください」

女官たちが着替《きが》えを手伝ってくれ、綺麗《きれい》に整えられた寝室《しんしつ》に連れて行ってくれる。

温泉の効果が肌に出るといいなとうきうきしながら寝台《しんだい》に座ると、廊下《ろうか》から声が聞こえてきた。

「あら、双秋《そうしゅう》さま。皇后陛下はもうお休みになられたところで……」

　莉杏はまだ寝台に入ってもいない。本当に眠《ねむ》かったわけではないので、立ち上がって扉《とびら》に駆《か》けより、廊下側へ声をかける。

「わたくしはまだ起きています。なにかあったのですか？」

「大した話ではないのですが、先ほどの宴で面白い話を聞いたので、皇后陛下のお耳に入れておこうと思ったんですよ」

　双秋は、暁月から「莉杏になんでも教えろ」と言われている。

　普通《ふつう》なら莉杏の耳には入ってこないような噂話も、莉杏は双秋のおかげで知ることができていた。

「ぜひ聞かせてください」

　莉杏が許可を出せば、女官たちが少々お待ちくださいと止めてくる。

　さすがにもう夜なので、寝室に二人きりはよくないと部屋を変えることになり、そして碧玲《へきれい》も呼んでくれた。

「皇后陛下は、赤ん坊の幽霊を抱いていたのは潘《はん》元妃の幽霊だという話を聞きましたか？」

　双秋は、睡蓮宮に到着《とうちゃく》するまで盛り上がっていたあの話を始める。

「はい。それは知っています。碧玲は……」

「私も知っています」

こういう噂話に詳《くわ》しくない碧玲も知っていた。それだけ広まっていたのだろう。

「実は、武官の一人が占い師に『赤ん坊を抱いた母親の幽霊はここにきているのか』と聞いたんですよ」

「もしかして、わたくしが占ってもらったあとに武官たちが騒いでいたのは……！」

「さすがは皇后陛下です。それです、それ」

莉杏と双秋が通じ合う横で、碧玲はどのことだろうかと首をかしげた。

「占い師が言ったんですよ。『母親の幽霊はどこかにいる。しかし、赤ん坊は幽霊ではない』と」

「……幽霊ではない？」

ならば、なんだろうか。

莉杏の反応に、双秋は待っていましたという表情になる。

「赤ん坊は生きているんだそうです。……だから、幽霊ではないと」

暁月は、『きちんとはっきり、どこでなにが起こるかを具体的に言える占い師なら、いかにもではない占い師だ』と言っていた。

だとしたら、あの占い師は、いかにもな占い師ではないのかもしれない。

驚く莉杏の横で、碧玲はそんな馬鹿なと呟く。

「潘元妃の子どもは殺されたはずだ！」

「俺もそうだと思うんだけれどねぇ。でも、生きている方が面白いだろ」

「面白い……!?」

猫の鳴き声を赤ん坊の泣き声だと勘違いしたところから始まった話は、幽霊の方が面白いからという理由でどんどん新しい要素が足されていき、ついには『潘元妃の子どもが生きている』という話に変化してしまった。

碧玲はどうしてこうなったんだと頭を抱える。

双秋はあははと笑い、噂ってそんなもんだと言った。

「……あっ、皇后陛下。陛下からの問題の答えですけれど、予定よりもいまいちな感じになりそうです」

「もう進めていたのですか!?　わたくし、まだ調べものをしている最中でした！」

「皇后陛下が調べものをしっかりしてくれると信じていたので、俺は先に動いてみました。やらないよりも、やって駄目《だめ》だったときの方が、陛下のお叱《しか》りが少なくなりますからね。とりあえず真面目にやっているふりだけはしておこうかと」

ではおやすみなさい、と双秋は混乱中の碧玲を置いて先に出ていく。

残された碧玲はなんとか立ち直ったあと、ため息をついた。

「……不真面目な男に後《おく》れをとっているかもしれないなんて」

碧玲は肩を落としながら出ていく。

莉杏は碧玲を見送ったあと、首をかしげた。

「双秋と碧玲は、互《たが》いの問題についてあまり話をしていないのね。陛下がおっしゃっていた通り、そこまで仲よくはないのかしら……?」

潘元妃の子どもの話に驚いてしまっていたけれど、身近な関係についての新発見にも驚いてしまった。


——睡蓮宮でのんびり身体を休める。

そんな話だったのに、双秋《そうしゅう》の問題だとか、噂話の膨らみ方だとかに、莉杏《りあん》は頭を使っていた。

「おはようございます」

いつの間にか宴から帰ってきて、いつの間にか先に起きていた暁月《あかつき》へ、莉杏は朝の挨拶《あいさつ》をする。すぐに身支度を整えて、朝食を取り、暁月に睡蓮池へ行こうと誘《さそ》った。

「陛下は昨夜、温泉に入りましたか?」

「少しだけな」

「中央の香木に気づきましたか？　とてもいい匂いがしました！」

莉杏は昨夜の温泉の話をしながら、湯気が立ちこめる睡蓮池に向かう。

睡蓮池は自然にできた池ではない。庭園を楽しむためにつくられた池だ。花の形になっている池には、冬なのに白い花を咲かせている睡蓮が浮いていた。

湯気が水面をぼかしているため、白い花がうすもやの中で浮いているようにも見える。とても幻想的《げんそうてき》で静かな光景だ。莉杏は頰《ほお》を染めながらうっとりと眺《なが》める。

「……綺麗」

「これはすごいな」

暁月も感心している。湯によって常に温められている睡蓮は、きっと寒さを感じないのだろう。とても贅沢な花だ。

莉杏と暁月は、手を繫《つな》いだまま睡蓮池をゆっくり一周し、午後には闘鶏《とうけい》でも見ようという話をした。

身体が冷え切る前にそろそろ戻るぞ、と暁月が言おうとしたとき、進勇《しんゆう》が現れる。

「ご歓談《かんだん》中、失礼いたします。陛下から賜《たまわ》りました問題の件ですが、進展がありました。直接足を運び、自ら調査をしたいのですが、よろしいでしょうか」

「あ〜、あれか。いいよ、好きにしろ」

「ありがとうございます」

どうやら進勇は順調に問題を解いているようだ。

莉杏はがんばってくださいねと言って見送ろうとしたのだけれど、ちょうどそのとき少し離れたところから悲鳴が聞こえてきた。

とっさに進勇が暁月と莉杏を庇《かば》うために立ち位置を変える。

「どうした⁉　なにがあった⁉」

進勇が声を張り上げると、のんきな声が聞こえてきた。

「すみません、ちょっと個人的なことで驚いただけで……」

「……皇帝陛下と皇后陛下がいらっしゃるんだぞ。気を引きしめろ」

少し離れたところにいる護衛の武官《ぶかん》たちが、雑談に花を咲かせていたらしい。進勇は厳しい顔つきになり、「注意してきます」と走っていく。しかし、すぐに戻ってきた。

「皇帝陛下、皇后陛下。警護の武官から気になることを聞きました。念のためにお耳に入れた方がいいと思いまして……」

「言ってみろ」

暁月が促《うなが》すと、進勇は「現時点では、確認を取れていないのですが……」と申し訳なさそうに言う。

「昨晩、飛龍殿《ひりゅうでん》の見回りをしていた武官の一人が、うずくまっている女性に『大丈夫か』

と声をかけたそうです。具合が悪いと言われたので、上の許可を取って家まで送っていったら、夜中にその女性が現れて、お礼をしたいと申し出てきたそうです」

「……お礼、ねぇ」

「それで……」

進勇はちらりと莉杏を見て、ごほんと咳払《せきばら》いをする。

「武官は女性と一晩を共に過ごすことになったのですが、朝起きたら女性はもういなくなっていて、寝台が土や葉で汚《よご》れていた……という話でした」

「へぇ……？　随分《ずいぶん》と汚《きたな》い女を連れこんだな」

「お礼とはいえ、身元のはっきりしない女性を武官の部屋に連れこむことは、危険な行為《こうい》です。その武官を特定次第《しだい》、注意しておきます」

進勇は真面目な武官だ。最初に暁月や莉杏の身の安全を考えてくれた。

「気になるところってのはそれだけか？」

暁月の確認に、進勇は「それが……」と続けた。

「女性は『野晒《のざら》しの私に優《やさ》しくしてくださって、本当に嬉《うれ》しい』と言ったそうです」

「野晒し……？」

莉杏は、野晒しの意味を知っている。しかし、このような使い方をされると、なにか妙な気がした。

「お家《うち》があったんですよね……？」

「もしかしたら、送っていった先が自宅ではなかったのかもしれません。ここ数日、妙な噂で皆が盛り上がっていたので、一夜を過ごしたのは女性ではなくて妖物《ようぶつ》ではないかと誰かが言い出し、それで怖くなって叫《さけ》んだ……という流れだったそうです」

　つい昨日まで幽霊の噂話で盛り上がっていたため、次は妖物が出たぞという話で盛り上がってしまったようだ。

「幽霊に妖物ねぇ……。そういう話が好きなやつらばっかりだな」

　暁月はつきあっていられないとため息をつく。

「不確実な話に踊《おど》らされないようにと、皆に改めて注意をしておきます。それでは失礼いたします」

　莉杏は進勇を見送りながら、そういえば……と碧玲《へきれい》の言葉を思い出した。

　――もしも皇后陛下の身辺で奇妙なことがあったり、奇妙な噂を耳にしても、ご心配なさらないでください。

　碧玲はなにかを知っているのかもしれない。しかし、これが碧玲の問題に関わることなら、頼《たよ》られるまでは見守るべきなのだろう。

　では散歩の続きを……と莉杏は気持ちを切《き》り替《か》えようとしたのだけれど、碧玲の慌《あわ》てる声が聞こえてきた。

「陛下！　大変です！」

暁月は「ちっとも休めない」と疲れたように呟く。

「この街の士大夫《したいふ》から、気になることを伝えられました」

「はいはい、次はなにが出たんだ？」

幽霊、妖物ときたら、次はなんだろうかと莉杏も考えてみる。

(吉兆《きっちょう》が起こる前触《まえぶ》れとなる瑞獣《ずいじゅう》だったら嬉しいわ)

しかし、現実は都合のいい展開になってくれない。

莉杏にとって、いや、皆にとって予想外の話が飛び込んできた。

「陛下の異母兄《いぼけい》がご存命かもしれない……という話を聞かされました」

碧玲からもたらされた知らせに、莉杏は驚いてしまう。

しかし、暁月は驚かず、うんざりだという表情になった。

「先々皇帝の後宮は派手だったし、どこかにおれの異母《いぼ》兄弟《きょうだい》がいてもおかしくないだろうよ。……で、誰？　おれの知っているやつ？」

碧玲は少しためらったあと、覚悟《かくご》を決めたようにくちを開く。

「潘《はん》元妃の子だそうです」

亡《な》くなったはずの皇子。もし生きていれば、三十八歳ぐらいだろうか。

莉杏は、昨夜の占いのことを思い出した。

——なくしたもの……とても大事なものが近々出てくるようです。

(陛下のお異母兄《にい》さまなら、わたくしにとっても大事な方。……あの占いは当たったのかもしれない……！)

すごいと感心していると、暁月は興味なさそうに「ふ〜ん」と呟いた。

「碧玲、この件はあんたに一任する。あんたの問題に関係することだし」

「……御意《ぎょい》。とりあえず、皆にはこの一件について黙《だま》っておくようにと言っておきます」

碧玲は明らかに「どうしたらいいのか」という困った顔をしている。しかし、皇帝の命令に逆らえるわけがなく、困り顔のまま下がっていった。


午後に闘鶏を見て鶏《にわとり》の勇ましさに驚いたあと、莉杏《りあん》は温泉にゆっくり浸かる。

今夜もまた宴なので、今のうちに温泉をしっかり楽しんでおかなければならない。

(温かい……)

昨夜は素晴《すば》らしい湯殿《ゆどの》に感動してばかりいたので、今日は温泉の気持ちよさをたっぷり味わっておこう。

「……潘元妃の皇子の話、きっと本当よ」

手足を伸《の》ばしていると、どこからか声が聞こえてきた。

女官たちは莉杏へ聞こえないように小声で話しているつもりだろうけれど、ここはかなり声が響《ひび》くようだ。

（本当に皇子が生きていたらすごいことだわ。でも……）

暁月《あかつき》は、どこかに異母兄弟がいてもおかしくないとは言っていたけれど、潘元妃の子と聞いた途端、碧玲《へきれい》に任せてしまった。つまり、暁月にとっては、誰かに任せてしまってもよく、そしてどうなってもいい話なのだ。

（皇子が見つかったら、普通は騒ぎになるわよね）

罪人になってしまった女性から生まれた皇子は、罪人として扱《あつか》われてしまうのか。それとも、皇族の一員として誰かの家に預けられるのか。

どちらになるのかは、暁月が……もしかしたら碧玲が決めるのかもしれない。

「少し前、碧玲さまが後宮にいらっしゃって、潘元妃について書かれている後宮史と日誌を借りていったの。きっと陛下のご指示よ。ご兄弟を探していたんだわ」

前半部分は事実でも、後半部分はこの女官の想像だろう。

あの反応からすると、碧玲にとっては、皇子が生きていることは予想もしていなかったはずだ。

（……女官の様子からすると、潘元妃の皇子の話はもうみんなに知られていそう）

碧玲は口止めをすると言っていた。それなのにこの話はあっという間に広がっていた。

最近の噂話は、広まる速度が速いのだろうか。双秋《そうしゅう》が言っていた通り『その方が面白い』からなのか、それとも……。


「皇后陛下、本当に申し訳ありませんでした！」


温泉から上がり、爪《つめ》や髪《かみ》を整えてもらった莉杏は、部屋に入ってくるなり謝ってきた碧玲に首をかしげてしまう。

「どうしたのですか？」

「……潘元妃について書かれている後宮史や日誌をお借りしたことで、女官たちが潘元妃の赤ん坊を陛下のご命令によって探していたと勘違いしてしまったようなのです」

つい先ほど、莉杏はその話をうっかり聞いてしまっていた。

碧玲は、そんなつもりはなかったんですが……と申し訳なさそうな顔をしている。

「碧玲はどうして潘元妃について調べていたのですか？」

「実は……陛下からの問題が、『潘元妃をきちんと埋葬《まいそう》したいから、皆がそれに納得できるような理由をつくれ』だったのです」

碧玲のくちから、暁月に渡された問題の詳細《しょうさい》が語られる。双秋に出された問題とよく似ていたけれど、きっと正解はまったく違うものになるのだろう。

「わたくしは歴史のお勉強のときに、潘元妃についても学びました。潘元妃の皇子は亡くなっていますよね？　もしかして、生きている可能性が少しぐらいならあるのですか？」

莉杏の疑問に、碧玲は背筋を伸ばして答えた。

「私は生きていないと思っています。その記録が残っていますから」

迷いのない声だ。莉杏は、碧玲がそう言うのなら……と頷いた。

「とりあえず、士大夫から詳しい話を聞いてみます。ただの詐欺師《さぎし》なのか、それとも陛下を陥《おとしい》れたい者が潜《ひそ》んでいるのか、はっきりさせる必要がありますので。……どこかの部屋をお借りしたいのですが、よろしいですか？」

「はい。……あ、そうだわ！　碧玲、折角《せっかく》なので……！」

莉杏は、詐欺師というものを見てみたいと、おねだりをしてみた。

碧玲は、街の士大夫である潤寿幸《じゅんじゅこう》から、皇子かもしれない男『懐永楽《かいえいらく》』を紹介《しょうかい》された。

莉杏は衝立《ついたて》の裏で、皆の会話をこっそり聞く。

「こちらが懐永楽殿です」

「お初にお目にかかります。懐永楽と申します」

「私は禁軍《きんぐん》所属の武官、翠《すい》碧玲だ。この件に関しては、陛下から対応を一任されている」

莉杏からは、永楽の顔が見えない。永楽はどのぐらい暁月に似ているのだろうか。潘元妃の皇子であれば、暁月と年がけっこう離れているはずだ。あとで碧玲に聞いてみよう。

「懐永楽は亡き潘元妃の関係者だとか。詳しい話を聞かせてほしい」

碧玲が話を聞く姿勢を見せれば、寿幸は喜んだ。

「ありがとうございます！　実は、永楽殿の母親が亡くなるとき、永楽殿は大事なお話を聞いたのだそうです」

「……潘元妃が亡くなられたとき、永楽殿はいくつだったのか？」

碧玲は、年齢的《ねんれいてき》に話を覚えていないはずだと疑ったけれど、永楽に訂正《ていせい》された。

「育ての母親の方です。亡くなったのは少し前のことでした」

あれは……と永楽は語り始める。

「母から、本当は自分の息子《むすこ》ではないことと、本当の母親から預かっていた形見があるのだと教えられたのです。形見というからには、生みの母親はもう死んでいるのだろうと察しました。……それがこれです」

莉杏の耳に、なにかを取り出すような音が聞こえてきた。莉杏はそれを見たくてうずうずしてしまう。

「禁色《きんじき》である深紅《しんく》の布に、金糸で刺繍《ししゅう》されているおくるみか……。梅の花……この図柄《ずがら》はたしかに潘家のものだな」

皇帝が皇后の子を皇太子にしようと思っていたら、お祝いに禁色を使ったおくるみを贈《おく》ることもあるだろう。そして、皇后がそれに生家を表す梅の花の刺繍をさせたのも自然なことだ。

「このおくるみは、永楽殿が尊き血を引いている証《あかし》ではないかと、我々はそう解釈しました」

寿幸は間違いないと自信満々で言いきる。

現段階では、寿幸が永楽に騙《だま》されているのか、その逆なのか、共犯なのかはまだわからない。

「なるほど。そちらの事情は理解できた」

しかし、と碧玲は声を低くする。

「これが先々皇帝陛下からの贈りものだという証拠《しょうこ》はない。それらしいものをつくらせることは、誰にでもできる」

「古いものだということは、碧玲さまにもおわかりのはずです」

「……たしかに古いものだ」

莉杏からは見えないけれど、きっと端《はし》が擦《す》り切れていたり、色が褪《あ》せているところもあるのだろう。

「だが、それだけの話だ。たしかに永楽殿は潘家の関係者かもしれない。しかし、潘元妃の皇子ではない。潘元妃も皇子も殺されたという記録がたしかにあるのだから」

碧玲がそう言いきれば、寿幸は食い下がってきた。

「あのころ、潘元妃の御子《みこ》はまだ乳飲み子《ちのみご》だったはずです。哀《あわ》れに思った者がこっそり逃がしていても不思議ではありません」

「この国の皇子と皇女《こうじょ》は、必ず皇后の養子になることが定められている。建前上は、どの皇子にも等しく皇帝になる権利が与《あた》えられているんだ。新しい皇后は、絶対に前皇后の子を殺しておきたいだろう。念入りにその確認もするはずだ」

物語の中では、気の毒な皇子は逃がしてもらえるけれど、現実ではなかなか起きることではない。残酷《ざんこく》な結末の方が多い。

しかし、寿幸は引き下がらなかった。

「赤子をすり替えたという可能性もあるはずです。似たような赤子を使い、皇子だと差し出して、本物の皇子は逃がしたかもしれません」

「それもない。皇子は後宮に残った。潘元妃が殺される前に、新しい皇后の養子になっていたという記録がある。皇子は潘元妃と共に追い出されたわけではない」

「潘元妃は、後宮の残酷さをご存じだったでしょう。自分が追放されるときに、皇子がいずれ殺されることも考えていたはずでは？」

「それは……そうだろうな」

碧玲は、寿幸の言葉に頷く。潘元妃は、これから起きるであろう悲劇を、後宮を出る前に覚悟していたはずだ。

「赤子をすり替えたいのなら、追放される前に行ったはずです」

「後宮で赤子のすり替えを行うのは不可能だ。後宮への出入り口は一カ所のみ。誰が入って誰が出たのか、記録がつけられている。荷物も確認されている。そんな場所だぞ」

「それでも、不可能ではないはずです。後宮から宝物が盗《ぬす》まれた事件、後宮に男が忍《しの》びこんだ事件、実際に起きたこれらの事件には犯人がいて、しっかり処罰《しょばつ》されています。絶対に無理だと言いきれる根拠《こんきょ》はどこにあるのですか？」

「それは……、偶然に助けられた事件だ。よくあることではない」

「潘元妃の皇子も偶然に助けられ、逃げ出せたかもしれません。なぜなら、赤子をすり替えていなかったという証拠がないからです」

碧玲はどうにかして寿幸に反論しようとした。しかし、考えが上手《うま》くまとまらなくて黙りこむ。

衝立の裏にいる莉杏は、はらはらしていた。

（どうしよう。双秋だったら『ありえない』と笑い飛ばして終わりにしてしまうけれど、碧玲はとても真面目だから……！）

碧玲は『可能性が低いというのは、少し可能性があるということだ』という言い方をされると、困ってしまう人だ。

そして、口が立つ人は、碧玲が困っていることを見抜《みぬ》き、そこを攻撃《こうげき》する。

「潘元妃の幽霊が出たという話を皆さまから聞きました。それはそうでしょう。皇子が立派に生きているのか、母親ならば心配でしょうから」

「い、いや、潘元妃は赤ん坊を抱いていた！　赤ん坊の幽霊がいるということは、皇子は死んでいるということだ！」

「おくるみだけを抱いていたのかもしれません。中身がないことを悲しんだでしょう」

莉杏は、もうじき碧玲が言い負かされることを確信した。

そもそも碧玲は、『幽霊がいる』という前提で話を続けてしまった時点で、相手に振り回されていたのだ。

「どうか永楽殿に実母を悼《いた》む機会をお与えください。立派な皇子になったのだとわかれば、潘元妃もお喜びになり、安らかに眠れるでしょう」

「……永楽殿が皇子である証拠はない！」

「しかし、皇子ではないという証拠もありません」

碧玲がすべきことは、一時撤退《てったい》である。

既《すで》に碧玲の目的である『ただの詐欺師なのか。それとも大きな闇《やみ》が潜んでいるのか』という判断は、もうできなくなっていた。

（わたくしが声をかけてもいいのだけれど……。でも、この衝立の裏に皇后が隠れていたというのは、皇后としてよくないことだから、気づかれないようにしないと）

碧玲は慌てすぎているだけだ。ほんの少しでも落ち着きを取り戻せたら、正しい判断がまたできるようになるだろう。

（ちょっとのきっかけ……。わたくしとわからないような……）

莉杏は最近の出来事を一つずつ思い返していく。あるところで「これだ！」となり、急いでくちを開いた。


「にゃ～！」


できるだけ猫っぽい声を出したけれど、あまり似なかったかもしれない。

しかし、碧玲には上手くない方が莉杏の声だと伝わるはずだ。

この声を聞いた碧玲は、莉杏が衝立の裏にいることを寿幸と永楽に知られたくなくて、慌てて二人を追い出そうとするだろう。

「今のは……猫？」

猫というよりは、猫の鳴き声の物真似《ものまね》である。寿幸が不思議そうにしながら衝立に向かって一歩動いた。

碧玲は息を呑んだあと、わかりやすく動揺《どうよう》する。

「そ、そうだな！　猫が入りこんだようだ！　皇帝陛下や皇后陛下がいらっしゃる場所に猫を入れてしまうなんて、武官としてあってはならないことだ！　お二人とも、一旦《いったん》お引き取りを！　私は猫を追い出さなければならない！」

さぁさぁ、と碧玲は二人を扉の方へ強引《ごういん》に押していく。

今の段階では、街の士大夫である寿幸や、皇子かもしれない永楽よりも、武官の碧玲の方が偉《えら》い立場にある。

碧玲は戸惑《とまど》っている二人を廊下に追い出したあと、勢いよく扉を閉めて鍵《かぎ》をかけた。

「……皇后陛下！」

碧玲が衝立の裏を覗《のぞ》きこんでくる。

莉杏はにっこり微笑んだ。

「落ち着きましたか？」

「……はい。助かりました」

碧玲は顔を押さえ、あああ……と床《ゆか》に崩《くず》れ落《お》ちた。

「私は、揚げ足を取るような口の上手い者が本当に苦手でして……！」

「真面目でどんなことにもまっすぐ向き合うところは、碧玲のいいところですよ」

「……ありがとうございます。ですが、それだけでは駄目なのです。陛下が私に問題を出したのも、詐欺師かもしれない人物の相手を任せたのも、口の上手い連中に言い負かされないような武官になれという意味だとわかっていたのですが……！」

碧玲は、暁月の命令の意図を自分なりに考え、それに応えようとしていた。

ただ命令に従うだけの武官で終わるつもりはなく、自分をより成長させようと努力していたのだ。

（碧玲はすごいわ……！）

今回は上手くいかなかった。しかし、練習と経験を積んでいけば、また違った結果になるだろう。

「私は計画通りにならないと、どうしたらいいのかわからなくなるのです。陛下に出された問題も、最初は計画通りに進んでいたのに、予定外のことが起きた途端に、どう修正していけばいいのかわからず……！」

「そうだったのですね」

うんうん、と莉杏は頷く。きっと碧玲はただ話を聞いてほしいだけだ。

「……潘元妃についての噂は、実は私が流していたのです」

「そうだったのですね……って、ええ⁉」

この世で一番『面白がっているだけの噂話』を嫌《きら》っていそうな碧玲が、噂話を自分から流した。莉杏はそのことにとても驚いてしまう。

「碧玲が……!?　どうしてですか!?」

「以前、後宮で幽霊騒動がありましたよね。結局、幽霊の正体は人間と壁画でしたが、皇太子殿下《でんか》が眼に見えない不安を経典《きょうてん》の読誦《どくじゅ》でなだめてくださったことを思い出しまして……真似《まね》しようとしたんです」

罪人として埋《う》められた潘元妃をきちんと埋葬したい。

しかし、大きな理由もなしに金がかかることをやろうとすると、皆に反対される。

碧玲は、幽霊騒動を利用し、幽霊は潘元妃だということにして、『騒動を収めるためにきちんと埋葬してあげよう』というところにもっていくつもりだったのだ。

(たった一人でそこまで……!)

碧玲は見事な作戦を立てていた。

莉杏は思わず拍手《はくしゅ》をしてしまう。

「ですが、噂が妙な変化をしてしまい……」

人は『面白そうだから』で話を膨らませてしまう。

――潘元妃は皇子をこっそり逃がしたはずだ。

碧玲は皆へ潘元妃の幽霊におびえてほしかっただけなのに、いつの間にか生き延びた皇子の話になってしまい、皆の興味が移り変わってしまった。これでは、『きちんと埋葬してあげよう』にならない。

「潘元妃の皇子は殺されています。私は茘枝城《れいしじょう》にある記録や史料のすべてに眼を通し、関係者から話も聞きました。運よくここにはあの男たちが詐欺師であることを証明できる史料もあるのですが、詐欺師は正体が明らかになりそうなことに気づいたら、すぐに逃げ出してしまうでしょう。話をもっと聞きたいと言って時間を稼《かせ》ぎ、ときには小金を渡してもう少しここに滞在《たいざい》させ、その間に詐欺師の背後を調べてみようと思います」

「はい。お任せしますね」

落ち着きを取り戻した碧玲は、詐欺師への正しい対応というものができるようになっていた。

莉杏は、また碧玲に相談されたときに、また一緒に考えればいい。

「潘元妃の墓については、これから違う作戦を立てるつもりです。とりあえず、まずは懐永楽を探《さぐ》ってきます」

碧玲は先に廊下に出て、誰もいないことを確認してから、莉杏を部屋まで送ってくれた。

「あ、ちょうどいいところに」

莉杏の部屋の前に双秋がいる。けれども、双秋の視線は碧玲に向けられていた。

「碧玲に用事ですか？」

「いいえ、お二人に用事があったんです。少しいいですか？」

「はい、どうぞ」

　莉杏の部屋に双秋と碧玲が入ってくる。

　どんな話をしにきたのだろうかと莉杏が思っていれば、双秋は碧玲に「大変だったらしいな」と大変そうに思っていない声で同情していた。

「潘元妃の息子が出てきたんだって？」

「……一旦、帰ってもらった」

「相手にしない方がよかったのに。こっちの方が偉いんだから」

「裏に誰がいるのかを確認するべきだろう」

　真面目な碧玲に、双秋はさすがと言って肩をすくめた。

「碧玲がつくった潘元妃の噂を広めてあげた俺のためにも、それをもっと上手く活用してほしかったんだけれどね」

　突然、双秋のくちから衝撃の事実が語られる。

「双秋は碧玲のお手伝いをしていたのですか？」

　いつの間にと莉杏が碧玲を見れば、碧玲も驚いていた。

「どうしてそんなことを……⁉　私は頼んでいないのに……！」

「噂話を流すのが上手くなかったので、ついね。俺はそういうの、得意だから。あっちこっちで、あの幽霊は潘元妃だぞと言いふらしておいた」

碧玲は、自分で噂を流し、上手くやれたと思っていたのだろう。しかし、見えないところで双秋に助けられていたことが判明してしまう。

「勿論《もちろん》、俺には俺の思惑《おもわく》がある」

「思惑？」

碧玲が警戒《けいかい》すると、双秋は懐《ふところ》から紙を取り出した。

「これだ。まさかのまさか、碧玲と作戦がかぶるなんて思ってもいなかった」

双秋の問題は、『嘉《か》元妃を供養《くよう》する』だ。『潘元妃を供養する』とたしかによく似ている。しかし、供養したくてもできないそれぞれの理由があるため、その理由に合わせた解決策はそれぞれ違うものになる、と莉杏は思っていた。

「双秋も嘉元妃を幽霊にしたかったのですか？」

「そうなんです。予定では、嘉元妃の幽霊が年に一度温泉へ入りにきている……みたいな感じにするつもりだったんですよ。でも碧玲に先を越《こ》されて、赤子を抱いた幽霊が出るって話になってしまったので、さてどうしようかな……と」

碧玲は双秋よりも早く動いたけれど、予想外の出来事によって、潘元妃とその皇子の幽霊という話は生きていた皇子という話題に負けてしまった。

「陛下はどうして潘元妃の供養をしようと思ったんですかね？」

双秋の疑問に答えたのは碧玲だ。

「陛下に直接お尋《たず》ねして確認したわけではないが……、潘家はかつて西の街道《かいどう》をつくるときに、周辺の商人や民《たみ》との交渉《こうしょう》を任せられていた。陛下は、来年こそは街道の整備に取りかかりたいだろうし、商人や民との繋がりをもつ潘家との関係を深めておきたいのだろう」

「なるほど。先々皇帝陛下が残した憎《にく》しみの種っていうのはやっかいだな」

だからこそ、暁月はこの冬の間にどうにかしておきたかったのだ。

皇帝は、大きくてわかりやすい仕事をするだけではなく、こうやって小さな問題をせっせと拾って解決することもしなければならない。

(幽霊騒動を上手く利用できたら、碧玲と双秋の問題が一気に片付いていたのかも)

今からどうにかして修正できないのだろうか。莉杏が他に使えそうなものはないかと考えていれば、そうだと気づく。

「妖物の話……！」

新しい噂話はもしかして……と双秋を見る。

「お、いいところに眼をつけましたね。あれは俺の仕込《しこ》みです。幽霊を碧玲に取られたので、『野晒しの妃』が現れたという話をつくったんですよ」

碧玲は妖物の話を知らなかったようだ。首をかしげていたので、双秋が簡単に説明した。

「夜中に具合の悪そうな女性がいて、それを助けると嘉元妃がお礼に現れる。しかし、朝になると消えていて、その代わり寝台には土と葉が残されている。なぜなら彼女の遺体は野晒しにされているから……という設定だ」

「手の込《こ》んだ設定をつくったんだな」

簡単に『幽霊』と設定した碧玲は、なるほどと頷いた。

「陛下には、騒がせますけれどご心配なく、という話をしておいた。注意をしにきた進勇《しんゆう》殿にも、作戦のための自作自演だと説明してある」

莉杏は、事件の多い旅になったと思っていたけれど、それはどれも意図的に起こされていたものだったらしい。

きっと暁月は、碧玲や双秋が関わっている事件だとわかっていたから、なにもしなかったのだろう。

「双秋はこのまま作戦通りに進めていくつもりですか？」

「一応、やれるだけやります。これでみんなが『供養してあげよう』って言い出すかどうかはわかりませんけれどね」

やるだけやっておけば、暁月のお叱りが少なくなる。

双秋は最初からそう言っていたので、なにがなんでもここで見事な成功にしてしまいたいというわけでもなさそうだ。

「最悪の場合は、皇后陛下にお願いして、後宮の女官や宮女にも騒いでもらうつもりだったんですよ。温泉地にいた妃が茘枝城《れいしじょう》まで一緒に戻ってきた～……というのはどうですか？」

「そう都合よくいけばいいが……」

碧玲は、流した噂が見事に変化していく過程を見ていた。それもあって、妖物騒動を利用する作戦に不安を抱《いだ》いたようだ。

「俺にできるのはここまで。あとは皇后陛下に期待ということで」

双秋の視線を感じた莉杏は、困った顔をしてしまう。

あとはお任せと言われても、『幽霊騒動で皆がざわつく』から『それなら墓をつくって供養しよう』までもっていくところが、一番大変な部分なのだ。

（碧玲と双秋の問題は一応前進している。まだまだ大変で先は見えないけれど……。他の二人は……）

茘枝城に残った海成《かいせい》は、自分にできることをしている最中だろう。

そして一緒にきた進勇は……。

「進勇は順調みたいですね」

今朝、ここを離れた進勇は、双秋のように莉杏を頼ることもなく、碧玲のように頭を抱えることもなかった。

「そういえば、進勇殿の問題はなんだったのかをご存じですか？」

双秋の言葉に、莉杏と碧玲は首を横に振る。

「わたくしは知りません。碧玲は？」

「私も知りません。……従兄《いとこ》に負けぬよう、がんばります」

順調ならば、それが一番だ。

とりあえず莉杏は、女官たちの噂話をこっそり聞いておくことにした。


翌朝、寝台を土まみれにした人の話が、莉杏《りあん》の耳にも入ってきた。莉杏は既に誰に仕込まれた噂なのかを知っていたので、驚いているふりをしておく。

昼にはついに『野晒しになっている嘉元妃《か》がここにいるらしい』という噂にまで発展していた。さすがは双秋《そうしゅう》だ。噂という扱いにくいものを上手く利用できている。

「……ということで、碧玲《へきれい》と双秋は問題へ積極的に取り組んでいますが、求める結果まではあと一歩というところです」

「それ数歩以上あるだろ」

温泉地にきたというのに、暁月《あかつき》は忙しくしている。これからのことを考えると、繋がりをもっておいた方がいい人や、親しくなっておいた方がいい人が多くいて、この睡蓮宮で二人きりになって色々な話をしているらしい。

暁月はどうしても夜遅《よるおそ》くまで宴に参加しなければならないので、さすがに疲れたようだ。今日は昼寝《ひるね》をする、と言い出した。

莉杏は暁月の横に寝そべり、睡蓮宮にきてからなかなかできなかった寝る前のおしゃべりをせっせと楽しむ。

「碧玲はそこそこがんばったな。あちこち甘いが」

「……！　はい！」

「双秋はもうちょっとやる気を出せよ。噂話をばらまくなんて、いつもやっていることだろうが」

慣れないことに挑戦《ちょうせん》した碧玲と、いつも通りの双秋への評価は違った。

暁月はそっけない態度をとっていても、二人をよく見ている。

「双秋には、『それなら墓をつくって供養しよう』のところまでしっかりやらせろよ」

そして暁月は、双秋がなにを考えているのかもよくわかっていた。

「双秋のやる気を引き出すことはとても難しそうです。わたくし、今回は『一緒にがんばりましょう！』ではなく『相談されたら一緒に考える』をしているので……」

これでは双秋も『がんばっている皇后に申し訳ない』という気持ちにならないだろう。

莉杏がう～んと考えこんでいると、暁月が嬉しそうに頬をつついてきた。

「双秋に困らされているおれの気持ち、理解できただろう」

「とても理解できました！」

莉杏は力いっぱい頷く。

「双秋とはいつも我慢《がまん》比べだ。ま、おれが勝つけれど」

暁月はふんと小馬鹿にしたように笑ったあと、莉杏の頭を撫《な》でた。

「言いつけ通り、一歩引いて見ていたな。それでいいんだ。聞くだけということに慣れるのも、あんたの仕事だからさ」

暁月は、どれだけ妙な噂が聞こえてきても平然としている。皇帝として『聞くだけ』に慣れているのだ。

(陛下はいつ慣れたのかしら)

暁月のように、上の人が落ち着いていたら、周囲は安心できる。よい手本があるのだから、しっかり見て学ぼう。

「きちんと一歩引いたところにいるあんたなら、あいつらの答えが見えてくるかもしれない。でも、見えてもすぐに言うなよ。今回はあいつらに問題を解かせたいんだ。正解を教えたら意味がない」

「わたくしに双秋たちの答えが見えるでしょうか？」

「見えるよ、多分な」

暁月からの信頼《しんらい》が嬉しい。いや、見えてから嬉しいと思わなければならない。

「わたくし、がんばります！」

昼寝のあとは、皇后としての大事な仕事がいくつも待っている。

まずは眼の前のことから！　と気合を入れた。

──一番順調に進んでいるのは進勇《しんゆう》。

莉杏《りあん》はそんなことを思っていたのだけれど、夜に帰ってきた進勇は不安そうな顔をしていた。

進勇はまだ寝ていなかった暁月《あかつき》と莉杏に、出かけた先であったことを報告する。

「先々皇帝陛下の三人目の皇后であった広《こう》元妃が生きていました」

莉杏は進勇の報告に驚いてしまった。

先々皇帝の三人目の皇后『広柳寧《りゅうねい》』は、先々皇帝を呪《のろ》ったという罪に問われたが、その直後の即位《そくい》二十周年のお祝いでの勅赦《ちょくしゃ》によって、道士《どうし》になって罪を償《つぐな》うことを許された人だ。しかし、広元妃は道教院《どうきょういん》に入ったあと、すぐに流行病《はやりやまい》で亡くなってしまったはずである。

（ということは、進勇には広元妃の調査をするという問題が与えられていたのかしら……？）

しかし、それならば、進勇は不安そうな表情にならなくてもいい。「調査の結果、発見できました」と自信満々で言えばいいだけの話だ。

「まあ、ここはその可能性がありそうだと思っていたからな。で、今はなにをしているって？　畑でも耕していたのか？」

「名を変えたあと、再婚《さいこん》していました。子どもが二人います。片方は男でした」

「……へぇ、それはやっかいだな」

後宮を追い出された妃は、基本的に道教院へ入れられ、道士にさせられる。

うっかり再婚して子を産んだとき、皇帝の子ではないのに皇帝の子だと主張されるようなことがあったら、あとが大変なのだ。

「本人と接触《せっしょく》できたのか？」

「はい。広元妃にはそっとしておいてほしいと頭を下げられました。自分は殺されてもいいから、子どもだけはどうか……と」

「どっちかというと、おれは子どもの方を処分したいんだけれどねぇ」

暁月の言葉に、進勇はぐっと拳《こぶし》を握《にぎ》る。

皇帝に殺せと言われたら、罪なき人でも殺さなくてはならない。武官の仕事とは、そういうものなのだ。

「ま、どう決着をつけるかはあんたに任せるよ。それが問題だったんだからさ」

「御意」

部屋から出ていくときの進勇の表情は、とても硬かった。

進勇は今、なにを考えているのだろうか。

「進勇は広元妃の調査をしていたのですか？」

「そう。どうなっているかをはっきりさせて、後顧《こうこ》の憂《うれ》いを断《た》ってってね」

「あのままだと、進勇は広元妃の子どもを……」

莉杏が心配すると、暁月は呆れた声を出す。

「進勇は阿呆だよねぇ。馬鹿正直すぎるというか。そればっかりじゃ駄目だってことなんだけれどな」

暁月の言葉に、莉杏はほっとすることができた。

元々、広元妃もその子どもも、暁月に殺すつもりなんてなかったのだ。別の形でどうにかする気でいて、おそらくその答えもある程度はつくってあって、けれども進勇を成長させるためになにも言わないでおいたのだろう。

莉杏は、暁月が最初からここまで考えていたことに感動しつつも、一つの疑問を抱く。

「陛下、広元妃を問題にしたということは、もしかして広元妃が生きていることも、その子どもがいることも、最初からご存じだったのですか？」

広元妃が本当に亡くなっていた場合、進勇は「亡くなっていました」という報告だけで終わってしまう。手に余る問題にしたいのなら、そんな簡単な問題では駄目だろう。

「ああ、知っていたよ。進勇が一番に問題を取りにくるとわかっていたから、わざとこの問題をあいつに任せたんだ」

側近の若手官吏《かんり》にそれぞれの課題があって、暁月はそれを乗り越えてほしいと思っている。

莉杏がこのことに気づけたのは、きっと一歩引いた位置にいるからだ。自分も紙を渡されていた側だったら、手元の問題のことばかりを考え、暁月の意図を探ろうという気持ちになれなかっただろう。

「言われた通りにするだけなら犬でもできる。……あんた、言われたことの意味をしっかり考えるようになったな」

今回、莉杏がそこまで考えられたのは偶然だ。しかし、褒《ほ》められたらやっぱり嬉しい。えへへと笑う。

「陛下と同じことを、前に茉莉花《まつりか》も言っていました！　陛下とお揃《そろ》いですね！」

茉莉花とは、白楼国《はくろうこく》の文官《ぶんかん》『晧《こう》茉莉花』のことだ。

以前、赤奏国《せきそうこく》が内乱で大変だったときに、白楼国からの出向という形で赤奏国にきてくれた人である。彼女は赤奏国の政を安定させるために走り回ったり、反乱軍に勝つ方法を考えたりして、この国をよりよい未来に導く手伝いをしてくれた。

仕事ができる人はやはりどこかが似ていると感心していたら、なぜか暁月の機嫌《きげん》が一気に悪くなる。

「はぁ〜⁉　あの女とお揃いなんて絶対いやだね！　あの女、珀陽《はくよう》の犬のくせに、なに言っているんだ⁉」

暁月は「信じられねぇ！」と叫んだあと、唐突《とうとつ》になにかを思い出したという顔をする。

「……その茉莉花だけれど、近々挨拶をしに立ちよるかもってさ。おれたちがいつどこにいるかを、あいつに教えておいたよ。こっちの予定を把握《はあく》して、どちらに伺《うかが》えばいいでしょうかとわざわざ聞いてすれ違いにならないようにするあいつの配慮《はいりょ》、隙《すき》がなくて気持ち悪いよねぇ」

「茉莉花がくるのですか⁉」

「ムラッカ国と叉羅国《サーラこく》の戦争が始まった件で、叉羅国に行っていたらしい。赤奏国経由で帰るんだって。本当にちょっと顔を出すだけだろ」

「楽しみです！　できたら茉莉花にも温泉に入ってほしいです！」

莉杏は、茉莉花に話したいことがたくさんある。

時間が取れるのであれば、後宮の幽霊の話や、叉羅国からきた客人ラーナシュのことや、わらべうた集の話を聞いてほしかった。

翌朝、野晒しの妃の話で皆が盛り上がっていた。

——また出たそうだ。どうやら陛下が調査を命じたらしい。

双秋《そうしゅう》のくちの上手さはさすがだ。しかし双秋本人は、この先はなにも考えていないと言いきった。

「いやぁ、だって、俺が『改めて埋葬しよう』と主張してもねぇ。偉い人が言ってくれないと、誰も動こうとしませんって」

暁月《あかつき》は、そこまでを双秋に考えてもらいたがっている。

莉杏《りあん》はどうにかして双秋のやる気を引き出さなければならない。

その方法を考えていると、進勇《しんゆう》がやってきて、昨夜の妖物騒動についての報告をしてくれた。

「昨夜の妖物騒動も今朝の妖物騒動も、双秋によってわざと起こされたものだそうです。皇后陛下がご心配なさる必要はありません」

「報告ありがとう。双秋はがんばっているようですね」

莉杏は、暁月からの問題のことをちらりと匂わせてみる。進勇に迷いがあるのなら、いつ相談してもいいのだとわかってほしかった。

「碧玲《へきれい》もがんばっていましたよ。今は別の問題が出てきてしまって大変みたいですが」

「偽者《にせもの》の皇子が出てきたという話ですね」

碧玲は今日、改めて永楽《えいらく》と話をするらしい。

永楽は今までどこでなにをしてきたのか、どうして寿幸《じゅこう》と知り合ったのか。

間違いなく嘘《うそ》をつかれるだろうけれど、それでも本人から詳しい話を聞くことはとても大事だ。

「現実とは上手くいかないものですね。偽者が出てくる一方で、身を隠したがる元妃もいる……」

進勇は、悩みを抱えているという表情で呟く。

莉杏は答えを言ってはいけないという制限があるので、やり方を少し変えてみた。

「進勇はどうしたいのですか？　どうすべきかではなく、どうしたいのかを、わたくしは教えてほしいです」

「どうすべきかではなく、どうしたいか……」

莉杏の質問に、進勇はなぜそんなことを訊《き》くのかと不思議そうにしていた。

「進勇がどうしたいのか、まずはそこからです。元妃を生かしたいのですか？　それとも命を奪《うば》いたいのですか？」

したいことと、しなければならないことは違う。

進勇は莉杏に問われたことで、『したいこと』を改めて考えてみる。

「……俺は、できればそっとしてあげたいと思っています。ですが、生かしておいたら、大きな問題に発展するかもしれません」

進勇は、暁月が「広元妃の行方《ゆくえ》を調べろ」と言った意味を考えた。

その結果、皇帝『暁月』を守るために、手を汚す覚悟をした。

「陛下にはまだ御子がいらっしゃいません。皇太子殿下は、先々皇帝陛下の弟殿下の御子ではありますが、陛下の皇子殿下がお生まれになるまでの皇太子だと、皆も承知しております。もしも皇太子殿下の身になにかあれば、すぐに新しい皇太子を……という話になるでしょう。陛下は、自分にとって都合の悪い皇族を、できる限り減らしておきたいはずです」

どういうきっかけで暁月の足元がすくわれるのか、今の段階ではなにもわからない。

進勇は武官として、暁月のために、今ここですべてを終わらせておくべきだと判断した。

「皇后陛下、俺のすべきことは決まっています。あとは自分でどうにかします」

「……お話を聞くだけならわたくしにもできますから、そのときは頼ってください」

「ありがとうございます」

進勇は、翠家《すいけ》の跡取《あとと》りだ。武官として立派であれと育てられ、その期待に応えて武官になった。今もきっと、理想の姿になりたいと努力をしているのだろう。

(泉永《せんえい》が言っていた通り、愚痴《ぐち》はみっともないとか、そういうことを考えているのかもしれない……)

自分にできることはなんだろうか。

本当に進勇を見守ることしかできないのだろうか。


莉杏は、睡蓮宮の庭園を眺めながら茶を楽しむ。

睡蓮宮のあちこちに花の名前がつけられていたので、今日は花茶を入れてもらったのだ。

いつもなら年若い女官たちが莉杏の話し相手をしてくれるのだけれど、今日は女官長と話をしたいとお願いしてみた。

「女官長は女官たちの指導をしなければなりませんが、上手くいかないと思うときもありますか?」

今日は花茶の見た目も楽しみたかったので、飲杯《いんはい》の中で花が咲いている。

莉杏はそれを眺めながら、気になっていたことを尋ねてみた。

「上手くいかないことはよくあります。私は突然《とつぜん》女官長になったこともあって、最初はどうしたらいいのか、わからないことばかりでした。今もよく悩みます」

「今もなのですか？」

「はい。今回の睡蓮宮行きに誰を連れて行くべきか、とても悩みました。外に出られる貴重な機会ですし、温泉を楽しめますからね。行けない人は不満に思います」

土産を買ってくると言われても、行けなかった人はどうしてもがっかりするだろう。

女官長は、その不満を受け止めなければならない立場にあるのだ。

「来年は連れて行くとか、そういうお約束があれば……」

「勿論、来年のお約束はします。ですが、来年だと遠すぎる話に感じる者もいますから」

遠すぎると感じてしまうその気持ちは、莉杏にも理解できる。年に一度のお楽しみがなくなったとき、来年もあるからと言われても、すぐに気持ちを切り替えられないときだってあるだろう。

「小さな不満は、ひとつひとつなら大したものではありません。大人であれば、少しがっかりして、もしくは少し愚痴を言って終わりにできます。しかし、運悪く小さな不満をいくつも同時期に抱えることになったら、耐《た》えられないと思うこともあります」

嫌《いや》なことが続いてしまったときは、つまずいただけでも気分がさらに落ちこむ。

莉杏はわかりますと力強く頷いた。

「そういうときは、すぐ先のものを見てもらうようにしています。『睡蓮宮には連れていけないけれど、新年のお祝いの宴には参加できるようにするから』と」

「すぐ先のもの……！」

女官たちに気持ちよく仕事をしてもらえるよう、毎日気を配っている女官長の話は、今の莉杏にとってとても参考になった。

「楽しいことは、色々な不満を解消してくれますからね。後宮に皇后陛下がいてくださるから、私たちも楽しい行事に参加できるのです」

「わたくしも後宮の行事が大好きです！」

暁月の後宮には、莉杏以外の妃はまだいないから、どうしても行事の規模は小さくなってしまう。けれども、女官たちはいつだって莉杏が楽しめるように工夫《くふう》してくれていた。

莉杏は、楽しかったのが自分だけではないと知って嬉しくなる。

「今回の睡蓮宮行きは折角の楽しい行事だったのに、幽霊騒動があったので、女官たちはあまり楽しめなかったかもしれませんね……」

暁月からの問題に、女官たちは巻きこまれてしまっている。

申し訳ないと莉杏が思っていれば、女官長がくすくすと笑い出した。

「たしかに幽霊を苦手にしている者もいますが、皆、今の状況《じょうきょう》をそれなりに楽しんでいますよ」

「……幽霊が楽しいのですか⁉」

「噂話が好きな者、幽霊を使って武官と親しくなろうとする者、後宮では味わえない刺激《しげき》を求める者。……皆、それぞれ違うことを考えていますが、この騒動を楽しむというのは同じですね。今回のことで、もう睡蓮宮に行きたくないと思った者は、来年は留守番役を楽しんでくれますし」

女官長は、暁月と同じように、この騒動に慌てていない。

莉杏はその姿に安心したあと、自分もいずれはこうならなくては！　と決意を改めた。

「お出かけというのは、ただお出かけを楽しむだけではないのですね」

女官や宮女たちは、こんな状況でもたくましく楽しく過ごしているらしい。

素直にどきどきはらはらしているだけの莉杏は、ありとあらゆる形で物事を楽しんでいる女官たちをもっと見習うべきだろう。

「皇后陛下もぜひ色々な楽しみ方をなさってください」

「はい！　わたくしはどういう楽しみ方をしようかしら……！」

莉杏がわくわくしていると、女官長が声を少し小さくする。

「幽霊が怖いと言って、皇帝陛下に甘えてもいいのですよ」

莉杏は、幽霊騒動や妖物騒動は双秋や碧玲によってつくられたものだと知っている。だから怖くはなかったのだけれど、それを理由にして暁月と一緒にいる時間を増やしてもらうというのは、あまりにも魅力的《みりょくてき》な提案だった。

「わたくし、悪女になってしまいそうです……！」

莉杏は女官長との茶会を楽しんだあと、温泉へ入りにいった。

声が響いてしまうことを知らない女官たちは、双秋が流した噂についてあれこれと話している。しかし莉杏は、昨日よりも穏やかな気持ちで聞くことができていた。

(今話している三人は、噂話を楽しんでいるみたい)

全員がこんな風にお出かけ以外のところも楽しめるわけではない。でも、莉杏のように他の楽しみ方を知らない者もいるだろうし、そのときは女官長にしてもらったようにそっと教えてみよう。

「双秋は絶対に色々な楽しみ方を知っているわ。碧玲と進勇は……」

真面目な二人は、暁月からの問題を抱えているのにそんなことはできないと言いそうだ。

「今は無理でもすぐ先のもの……新年のお祝いは二人にも楽しんでもらって……」

そのころにはすべての問題が解決していたらいいなと、莉杏は今後の予定を思い出す。

「あ……」

このとき、とても大事なことに気づいた。

(新年のお祝いのあとには、陛下の即位一周年のお祝いがある！)

それはすごいことだ。国がもうじき倒《たお》れるという話をしてから、ついに一年である。金はないけれど、暁月は民を喜ばせるために即位一周年をしっかり祝うだろう。

(おめでたい行事が続くのね。こういうときは……)

莉杏は、はっとする。

暁月は冬だからと言って、若手官吏たちに問題を出した。そのうちの三人は、問題を抱えたまま睡蓮宮に行った。帰ったら新年のお祝いがあって、そのあとは即位一周年のお祝いがある。

「あら……？」

もしかして、と莉杏は思う。

暁月は、最初から即位一周年のお祝いのところまで考えていたのではないだろうか。

（ということは、逆から考えていくと、それまでに……）

これをして、あれをして、と莉杏は指を折っていく。

ばらばらにされていた花びらを集めたら、綺麗な芙蓉の花になった……というぐらい、気持ちよく一つの形になっていった。

「多分、これでなんとか……なる、のですけれど……」

莉杏は「教えなければ！」と勢いよく立ち上がったあと、すぐに湯へ浸かり直す。

暁月は「正解が見えても、すぐには言うなよ」と莉杏に注意していた。

莉杏は気づいたことを、そのまま双秋たちに教えてはいけないのだ。

「どうしましょう……！」

あまりのもどかしさに、叫びたくなってしまった。

三問目

莉杏《りあん》は碧玲《へきれい》を連れ、庭園をゆっくり歩く。

幽霊騒動《ゆうれいそうどう》や妖物《ようぶつ》騒動があったので、緊張《きんちょう》した様子の見回りの兵士もいれば、のんびりした様子の見張りの兵士もいた。

「……碧玲にとっての進勇《しんゆう》はどんな人ですか?」

進勇について知りたいのなら、詳《くわ》しい人に訊《き》けばいい。

莉杏は、進勇の従妹《いとこ》である碧玲に尋《たず》ねてみた。

「尊敬できる従兄《いとこ》です。私が武官《ぶかん》になりたいと言い出したとき、馬鹿にせず真面目に話を聞いてくれ、協力もしてくれました」

「では、双秋《そうしゅう》はどんな人ですか?」

「不真面目な男です。ですが、口の上手《うま》さは見習うべきところでもあると思っています」

碧玲の人物評価は、とてもわかりやすかった。そして、碧玲の真面目さとまっすぐなところがよく伝わってくるものでもあった。

「進勇と双秋は正反対ですね。二人が仲よくなれたら、いい影響《えいきょう》を与《あた》え合うのではないでしょうか」

莉杏は、今思いついた！　というふりをする。

すると碧玲は、困ったような表情になってしまった。

「あの二人は気が合わないと思いますが……」

「双秋は真面目な人が好きですよ！　真面目な人がいてくれないと、不真面目なことができないではありませんか！」

「それはたしかに……！」

碧玲は、不真面目な人間は不真面目な人間と仲がよく、真面目な人間は真面目な人間と仲がいいと思っていた。

しかし、ここにきて、人間関係はもっと複雑なのかもしれないと考え直す。

「あの二人がもっと仲よくなれば、双秋はもう少し真面目に、進勇はもう少し肩《かた》の力を抜《ぬ》けるかもしれません」

「そうですね。……進勇は翠家《すいけ》の跡取《あとと》りです。翠家の者たちの期待に応え続けなければならないという重圧は、あまりにも……。従妹の私に弱音を吐《は》くことはできなくても、同年代の同僚《どうりょう》だったらもしかしたら……！」

碧玲が乗り気になってきたので、莉杏はもう少し押してみた。

「折角睡蓮宮《せっかくすいれんきゅう》にきたのですから、碧玲がお二人を誘《さそ》って、外でゆっくりしてくるのはどうでしょうか。頃合《ころあ》いを見計らって碧玲が先に帰れば……」

「わかりました。やってみます！」

莉杏の祖父は「お酒は仲よくなるきっかけになる」と言っていた。しかし、その直後に祖母が「不仲になるきっかけにもなるのよ」と莉杏に教えてくれた。さて、今回はどちらのきっかけになるだろうか。

碧玲《へきれい》ががんばってくれるのであれば、莉杏《りあん》もがんばらなくてはならない。

莉杏は、やる気のない人にやる気を出させるための方法を考えてみる。

ご褒美を用意したり、励ましたりするという方法ならすぐに思いついたけれど、きっと双秋《そうしゅう》は普通《ふつう》の方法では動いてくれないだろう。

莉杏は、これは直接本人に聞いてみるしかないと、双秋のところへ行ってみた。

「やる気を出す方法……？」

「そうです。わたくし、やる気が出ないこともあるのですけれど、でも刺繍《ししゅう》も琵琶《びわ》もがんばらないといけませんから！」

「皇后陛下《こうごうへいか》はいい子ですねぇ。ちなみに俺は悪い子なので、やる気がないときはがんばらないんですよ」

莉杏は双秋の言葉に納得《なっとく》してしまった。それならそれでしかたない。

するると、双秋が頭をかく。

「そこで納得されてあっさり引かれてしまうと、申し訳なくなるんですけれどね」

莉杏にとって、双秋はいい人だ。双秋はそんなに真面目にやらなくてもいいというようなことをよく言うけれど、人の命がかかった仕事はいつだってとても真面目にやってくれる。

（叉羅国人《サーラこくじん》が生贄《いけにえ》にされるかもしれないというとき、双秋は危険だとわかっていても助けにいってくれた）

不真面目だったら、莉杏の護衛を優先すべきだという理由を使い、他の人に任せましょうと言っただろう。

（他に双秋が危険だとわかっていても真面目に取り組んだのは……）

彼が関わってきた事件を並べていくと、莉杏が知っている最後の地点までくる。

「……双秋は、皇帝位《こうてい》を譲位《じょうい》させる陛下の計画にどうして参加したのですか？」

白楼国《はくろうこく》の皇帝の力を借りていたとはいえ、あれはかなり危険な計画だったはずだ。失敗したら、参加者全員が処刑《しょけい》される。

それなのに、双秋は暁月《あかつき》の腹心という立場で参加していた。

「皇子《おうじ》のときの陛下と縁《えん》があったので、普通に誘われてしまったんですよ。聞いたからには参加しないと殺すって陛下に脅迫《きょうはく》されました」

おっかない人なんです、と双秋は肩をすくめる。

「ですが双秋なら、陛下の計画を先の皇帝陛下にこっそりお伝えすることもできましたよね。そうしなかったのはなぜですか？」

暁月は、双秋が参加することと、絶対に裏切らないことをわかっていたから誘ったはずだ。あの計画はそもそも、本当に信頼《しんらい》できる人にしか声をかけていなかっただろうし、声をかけられた人は全員参加していたはずである。

莉杏の澄《す》んだ瞳《ひとみ》に見つめられた双秋は、諦《あきら》めたようにため息をついた。

「……こんな俺でも、最悪の状況《じょうきょう》になったら動くしかないんですよ。そのぐらい、あのときの赤奏国《せきそうこく》は最悪でした。もう滅《ほろ》びるだろうな、と思うぐらいに」

莉杏はそのころ、後宮《こうきゅう》に入るための勉強をしていた。国がどのぐらい傾《かたむ》いているのかなんて、気にしたこともなかった時期だ。

「陛下も俺も、救国の将軍とか伝説の軍師とかいてくれたら楽ができたんですけれどね。誰《だれ》もいないからしかたなくってやつですよ。赤奏国の民《たみ》のほとんどが死ぬとわかっていながらなにもしなかったら、ただ生きるだけでもつらくなります。俺は普通の人間なので」

莉杏は、双秋の気持ちを理解できた。自分と同じだったのだ。

なにも知らずに暁月と結婚《けっこん》したあと、暁月からこのままでは赤奏国が滅びるということ

ていたのだ。

を教えられたとき、なにかしたいと思った。だから今も立派な皇后になるための努力をしているのだ。

（わたくしと同じなら、双秋がどうしたら動いてくれるのかもわかる）

とても簡単なことだった。莉杏はくちを開く。

「進勇が大変なんです」

「大変？　まぁ、あの人はいつも色々と大変そうですけれど」

そう、この言葉だけでは、双秋は動いてくれない。しかし……。

「ここで双秋が動かなかったら、二人分の命が失われます」

莉杏の言葉に、双秋は瞬《まばた》きをし……、そしてにっこり笑った。

「まさか、そんな大げさな」

「大げさではありません。わたくし、今からどういう状況なのかを説明しますね」

どこから話そうかなと考え出したら、双秋が両手を突《つ》き出《だ》してくる。

「ちょっと待ってください！　本当に待ってください！　困ります！」

「困るのですか？」

なぜ？　と莉杏は首をかしげた。

双秋は逃《に》げ出すことを考えているのか、ちらちらと左右を見ている。

「……あのですねぇ、皇后陛下、俺は普通の人なんです」

「はい」

「お前のせいで人が死ぬぞと言われたら、どきっとするんです。ああそうか、で終われないんですよ……！」

「わたくしもです。同じですね！　だから双秋に二人分の命がかかっているという話をしたのです！」

「そうなんですか～……」

双秋は疲《つか》れたようにがくりとうなだれた。

「ここで逃げても、皆さんにお願いして、双秋をまたわたくしの部屋に連れてきてもらいますね」

「そうなんですか～……。なら耳を塞《ふさ》いでおこうかな……？」

「でしたら、手を押さえてもらいます！」

「……逃げられないってことですか～」

双秋は、もっと早くに逃げ出すべきだったと後悔《こうかい》する。

命がかかっているという話が出てきた時点で、もう莉杏に負けていたのだ。

「では、詳しい話は進勇から聞いてください。碧玲が場をつくってくれますから」

双秋はくちが上手い。これだけの情報でも、進勇から大事なことを聞き出し、そしてどうしたらいいのかという助言もしてくれるだろう。

——人が死ぬとわかっていたら、無視できない。双秋は優《やさ》しい人だから。

「皇后陛下には悪女の才能がありますよ……」

「本当ですか!?　わたくし、幽霊がやっぱりちょっと怖《こわ》いということにして、陛下に甘えるつもりなのです！　これは悪女ですよね……！」

「う〜ん、それは稀代《きだい》の悪女ってやつですね。傾国《けいこく》ですよ。……俺がやりたくないことをしなければならなくなるのも、しかたないですねぇ」

双秋は負けましたと宣言し、苦笑《くしょう》した。

双秋《そうしゅう》が碧玲《へきれい》とどんな取引をしたのかはわからないけれど、双秋は碧玲に妖物騒動の手伝いをしてもらうことになったようだ。

そして莉杏《りあん》は、碧玲からその協力を求められたので、勿論《もちろん》ですと頷《うなず》く。

「古琴《こきん》が上手い女官《にょかん》をお借りしたいのです。私の部屋で演奏してもらって、誰にも見られないようにこっそり帰ってもらう……ということをさせたいのですが、よろしいでしょうか」

「わかりました。宝晶《ほうしょう》にお願いしましょう」

このあと碧玲は、双秋や進勇《しんゆう》と飲みに行った帰りに、古琴を抱《かか》えながらうずくまっている女性を助けることになる。

女性が動けるようになるまで背中をさすったら、お礼に古琴の演奏をしたいと言われた。

碧玲は自分の部屋に女性を招き、古琴を弾《ひ》いてもらうことにした。

しかし、演奏が終わったあと、女性は不意にいなくなってしまう。彼女が座っていた椅《い》子《す》には、土と葉が残されていた――……という事件が発生するのだ。

真面目な碧玲が「一瞬《いっしゅん》で女性が消えた」と証言し、女官の宝晶が「あれは嘉元妃《かもとひ》の古琴の音でした」と言えば、妖物騒動をただの思いこみや勘違いから生まれた話だと思っていた者も驚《おどろ》くだろう。

(双秋と進勇はどんなお話をするのかな……?)

夜、莉杏は二人のことを気にしながらも眠《ねむ》りにつき……、そして朝がきた。

碧玲と宝晶は作戦通りにできたようだ。朝から「嘉元妃がこの辺りをうろついている！」という話題が莉杏の耳にも入ってくる。

――道士《どうし》を呼ぼう。経典《きょうてん》を読誦《どくじゅ》してもらおう。お札をもらってこよう。

そんな声に、莉杏はよしと頷いた。

「おはようございます。皇后陛下」

双秋が眠そうな声で、昨夜の報告にきてくれる。

のんびりとした雰囲気《ふんいき》からすると、こちらも上手くいったのだろう。

「昨夜は大変でしたよ……」

「お疲れさまでした。進勇から話は聞けましたか？」

「聞きましたとも。……広元妃《こうもとひ》とその息子《むすこ》は自分が殺すとか、とんでもなく物騒《ぶっそう》なことを言ってました。なんでそう真面目すぎるんですかねぇ」

双秋はやっぱり「そこまでしなくても」と言える人だ。そして、人の命がかかれば、続きの言葉も言える。

「色々教えておきましたよ。再婚《さいこん》相手の連れ子だったという偽《にせ》の証拠《しょうこ》を用意しておくとか、いざとなったら二人で道教院《どうきょういん》に入るとか、二人とも死んだという書類をつくっておくとか、そういう……。あとは進勇殿《どの》がどうするかを判断するでしょうね」

暁月《あかつき》はきっと、できるのにやらない双秋に、もっとしっかりやれという意味をこめた問題を出した。

そして双秋は、進勇の問題に関わり、助言もした。

双秋はある意味、暁月の問題をきちんと解いたのだろう。

（正解にたどり着くために必要なものは、これで揃《そろ》った）

莉杏は、ここからが大変だと気合を入れ直す。

三人のうちの誰か一人が、この問題を上手くまとめ、答えまで導かないといけないのだ。

（誰が適任かしら）

莉杏に答えが見えたのは、一歩引いた位置にいたから。

三人のうち、一歩引いた位置にいるのは、人の上に立つことを望まれている進勇か、今回は三人のうち一番がんばっていた碧玲か、それとも……。

（やっぱり双秋よね。あまりやる気がなくて、いつも真面目な人のうしろにいるもの）

もしかしたら、と莉杏は気づく。

（双秋は答えがもう見えているのかも……？）

進勇と碧玲からは、『なんとかしなければ』という焦《あせ》りのようなものが感じられる。しかし、双秋からは感じられない。その代わりに、双秋はこれ以上面倒《めんどう》なことをしたくないという顔をしている。

きっとこれは、問題が解けなくてもいいという不真面目さからきているのではなく、正解が見えていて、だからこそこれからが大変だとわかってしまっているからだろう。

（双秋のやる気をもっと引き出さないといけないわ。でも、ここからは人の命が関わるような話ではなくなる……。陛下はいつもどうしているのかしら）

——双秋とはいつも我慢《がまん》比べだな。

暁月の言葉を思い出し、莉杏は「これだ！」と眼《め》を輝《かがや》かせた。

やる気を出せと何度も言うことだけが、やる気を引き出す方法ではないのだと、暁月は知っていたのだ。

「双秋、今夜は総仕上げです。三人で知恵《ちえ》を出し合いましょう！」

「総仕上げ？」

「わたくしも手伝いますから！」

莉杏は、双秋をどう動かせばいいのか、少しずつわかってきた。

真面目に考えるのは進勇と碧玲の役割だ。双秋は真面目にならず、一歩引いた位置から眺めていた方がいい。

（あとは、双秋が見えたものを進勇と碧玲へ言うようになれば……！）

双秋にとって、進勇と碧玲は小さいころから親しくしてきた相手ではない。今だって仲がいいというわけでもない。色々な遠慮《えんりょ》がある。

それを乗《の》り越《こ》えるためにはきっと時間や経験が必要で、経験なら莉杏にも用意できそうだ。


夜、皇后の部屋に三人の武官が呼び出された。

表向きは『ここ最近、元妃《もときさき》についての妙《みょう》な噂《うわさ》が広まっているので、その対応をしてほしい』と皇后から相談されているという形になっている。

「我々に与えられた三つの問題をまとめて解決しよう……ですか？」

莉杏《りあん》の提案に、碧玲《へきれい》は不思議そうな顔をして首をかしげた。

「双秋《そうしゅう》と碧玲の問題は、幽霊が出ると煽《あお》ることできちんとした墓をつくろうともっていけますが……。今から広元妃《こう》の幽霊もつくるということでしょうか。しかし、好奇《こうき》の眼もかなり多くなってきていまして……」

進勇《しんゆう》は、そろそろ「幽霊を捕《つか》まえよう」と言い出す者がいるはずだと心配する。

「三人の妃の幽霊が立て続けに出てきたら、さすがに嘘臭《うそくさ》くありません？　まあ、一人は幽霊というより、その息子《むすこ》の方で盛り上がっていますけれど」

双秋はもうやる気がなく、あとは進勇と碧玲と莉杏にお任せという態度であった。

「きちんとした墓をつくろうと言い出しても、そこには利害が絡《から》んできます。お金の問題もあります。最後の決め手がほしいところですが……」

「皇帝陛下と皇后陛下をお守りするためだともっていくか？　いや、煽りすぎても駄目《だめ》だ。幽霊を捕まえようという話になる」

碧玲と進勇は、幽霊騒動からどうやって現実的な解決策にしていくかを悩《なや》む。

「……罪人というところがやっかいですよねぇ。道士になった広元妃はともかく、他は処刑されていますから」

双秋は問題点を追加する。しかし、どうしたらいいのかという話はしない。

莉杏は、言いたいことが色々あるけれど我慢した。ここからは双秋との我慢比べだ。

「許されるためのなにかが必要だ。皇帝陛下に素晴《すば》らしい献上品《けんじょうひん》を捧《ささ》げるとか」

「目立つような行動は避《さ》けた方がいいかもしれない。粗探《あらさが》しをされる」

「だが、わかりやすいなにかがなければ、もういいだろうと言い出せないはずだ」

碧玲と進勇の間で、ぐだぐだと似たような話が繰《く》り返《かえ》される。

双秋は、話し合いに飽《あ》きたという表情になっていた。

莉杏はこの話し合いをひたすら見守る。

（もう少し……）

話し合いがもっと長引きそうな雰囲気になるよう、下手《へた》な助言をすることにした。

「偽者《にせもの》皇子とその関係者を利用できませんか？　母の分まで罪を償《つぐな》いたいと言わせて道士になってもらうふりをさせるのはどうでしょうか」

「それは良《い》い案ですが、詐欺師《さぎし》にそんなことを求めたら、すぐに逃げられてしまうでしょう」

「広元妃の息子であれば、承諾《しょうだく》してくれるかもしれませんが……」

そういうことではない、という流れになる。これでは話し合いが進まない。

「……まあ、利用するのは詐欺師に限らなくてもいいですよね。たとえば広元妃とか」

双秋は、心の中で「わかってくれ」と祈《いの》っているのだろう。

しかし、ちょっとの思いつきぐらいの発言では、この問題の答えにたどり着けない。

(もっと双秋を焦《じ》らしましょう)

莉杏は、心配そうな表情をつくる。

「広元妃が生きていたと公表するのは気の毒です……」

その言葉に、進勇は力強く頷いた。

「はい。それは最後の手段にすべきです。双秋に教えてもらった方法がいくつかありますから、そちらを優先して……」

莉杏は、碧玲と進勇を答えからわざと遠ざける。

自分の助言で自分の首を絞《し》めることになった双秋は、ついにため息をついた。

(そろそろかしら)

碧玲と進勇は、とても真面目な武官だ。いい提案があったら、誰の提案であっても、それはいいと心から言えるし、協力してくれる。

それが碧玲、進勇、双秋の間で繰り返されるようになれば、親しさや絆《きずな》が生まれていくだろう。そのうち双秋は、二人にもう少し気安く助言できるようになるかもしれない。

(……あら?)

ついに双秋から「わかっているでしょう」という恨《うら》みがましい視線が送られてきた。

莉杏は「わからないです」と微笑《ほほえ》んでおく。

(だってわたくし、稀代で傾国の悪女ですもの！)

面倒なことを莉杏に言わせようとする双秋と、知らないふりをする莉杏。

水面下の駆《か》け引《ひ》きの結末はどうなるのだろうか。

「そうだわ。幽霊でも妖物でもない別のなにかををつくって……！」

莉杏が答えから遠ざかる提案をしたとき、双秋はすべてを諦めた。朝まで続きそうな話し合いにはつきあっていられない、と判断したのだ。

双秋は、誰よりも早く正解がわかっていたのに、がっかりしたような顔をしている。残りの作業を他の人に任せたかったのに、それができなかったからだろう。

「え〜っと、お二方、とりあえず最終結論から考えましょう。細かいところはそっちに合わせればいいんです」

双秋が発言し始めると、碧玲と進勇はくちを閉ざし、双秋の話を聞く姿勢を整える。

「最終結論というのは、お墓をつくるということか？」

碧玲の確認《かくにん》に、双秋は頷いた。

「お墓をつくるためには、つくらなければならない理由が必要だ。しかし、その理由をつくれても、まだ罪人という壁《かべ》がある」

「まずは壁をどう乗り越えるかだな」

皇帝が「墓をつくる」と言えば、できてしまう話なのだ。しかし、それではどこかに不満が生まれるので、できるだけ誰もが「しかたない」と言える形を探すべきだろう。

「あともう少しで、陛下の即位《そくい》一周年のお祝いがありますよね。そのときに勅赦《ちょくしゃ》をしてもらい、罪人扱《あつか》いされている妃を許してもらうというのはどうでしょうか」

「そうか……！　それなら……！」

進勇は、広元妃の例があると言う。

広元妃は先々皇帝を呪《のろ》ったという罪に問われたが、罪状が確定した直後にあった即位の祝いの勅赦によって、処刑を免《まぬが》れることができた。

先例があるのなら、大きな声で文句を言う者もいないだろう。

「妃をまとめて許した方が、面倒なことにならなくていいでしょうね。……で、これで壁は乗り越えました。次は墓をつくらなければならない理由です」

「幽霊騒動があり、それをどうにかするために供養《くよう》する……では駄目か？」

「誰が言い出すのか、そこが重要なんですよ。ここで進勇殿の問題である『広元妃』に出てきてもらいましょう。彼女は道教院の道士にさせられた人です。身の危険を感じて亡くなったことにしたけれど、実は生きていた。彼女は廃后《はいこう》たちの幽霊の話を聞いて、両陛下に『供養してあげたい』とお願いするんです」

「しかし、広元妃は、そっとしておいてほしいと……」

「供養を許されたあと、本当に亡くなったことにしましょう。その遺思を元道士である皇《こう》太子殿下《たいしでんか》が引《ひ》き継《つ》ぐことにするんですよ。それで、一周年の勅赦によって罪人となっている妃を許してもらい、亡くなった広元妃と共に廃后の合同供養をするんです」

道士になったという広元妃、それから元道士である皇太子の明煌《めいこう》。

この二人を上手く使えばいいという双秋の案に、進勇も碧玲も感心した。

「そうか、亡くなったことにして正式に埋葬《まいそう》してしまえば、広元妃はもう利用されなくなる。……あ！　それなら潘《はん》元妃の子も一緒に供養できたら……！」

「折角だし、まとめてやっておこう」

碧玲の提案に、双秋は同意した。

潘元妃の赤《あか》ん坊《ぼう》が実は生きている、と言い出す詐欺師が二度と現れないように、赤ん坊も正式に埋葬する。これが一番いいだろう。

「罪人を供養したいと言い出すのは、両陛下や皇太子殿下だと問題がある。しかし、追放された元妃で道士ならば、それも可能だろう。そして、皇太子殿下がその想《おも》いを継いだという形にする……。素晴らしい案だ」

進勇が尊敬のまなざしで双秋を見る。碧玲もまた、見直したという眼になっていた。

しかし双秋は、居心地《いごこち》が悪そうにしている。

（ふふ、でも双秋はやる気がないぐらいでちょうどいいの）

必要なときに、周りが上手くやる気を引き出せばいい。

進勇や碧玲には、いつかはそれができるようになってもらおう。

「皇后陛下、広元妃への協力の要請《ようせい》は俺に任せてくださ い。皇后陛下は皇太子殿下にご協力いただけるようにお願いしていただけませんか？」

「勿論です。わたくしから明煌へ伝えておきますね」

広元妃に協力を頼《たの》むのは、進勇が一番相応《ふさわ》しい。進勇が誠実な人間だということは、話せばわかることだし、広元妃からもすぐに信頼されるだろう。

暁月《あかつき》が描《えが》いていた結論に、ようやくみんなでたどり着けそうだ。

睡蓮宮にいるのも明後日《あさって》までだ。

歴代皇帝の中には、冬の間は睡蓮宮にずっといて、そこで仕事をした人もいたらしい。

しかし、暁月《あかつき》の目的は温泉ではないので、用がすめばすぐ茘枝城《れいしじょう》へ帰ることになっていた。

「明日、広元妃が睡蓮宮にきます。わたくしに挨拶《あいさつ》をしてから少しお話をして、そのときにわたくしが廃后の噂話《うわさばなし》を教え、広元妃が供養させてほしいと言い出す……という予定

です」

晩月は、進勇《しんゆう》と碧玲《へきれい》と双秋《そうしゅう》の三人から、問題をまとめて解くことにしたという報告を聞いても、それでいいよと言うだけだった。よくやったと褒《ほ》めるのは、すべてが終わってからなのだろう。

「詐欺師はどうなったんだ？」

「懐永楽《かいえいらく》が詐欺集団の一人だと判明しました。この街の占《うらな》い師《し》と手を組んでいたそうです。士大夫《したいふ》の潤寿幸《じゅんじゅこう》は、本当に亡き皇子だと思って同情していたそうです」

詐欺師たちの背後に大きな犯罪は潜《ひそ》んでいないだろうと判断されたので、明日にでもまとめて捕まえることになっている。

「なら、あとは合同での供養の話だけだな。明煌《めいこう》が元道士で助かった」

「はい。陛下はそこまで考えて明煌を皇太子にしていたのですね」

「偶然《ぐうぜん》だって。いくらなんでもそこまでは考えていない」

だとしても、と莉杏《りあん》は勝手に嬉《うれ》しくなった。

晩月が遠くまでしっかり見ている人だから、その偶然を得られたのだろう。

「あんた、あの双秋のやる気をどうやって引き出したんだ？　おれが給料泥棒《どろぼう》って蹴《け》り飛ばしても怠《なま》けていた男なのに」

「最後は双秋と我慢比べになったのです。わたくしが勝ちました！」

答えを知ってしまったら、答えを言いたくてうずうずするものだ。

莉杏は、わざと答えを遠ざけたり余計なことを言ったりするという作戦を用意してきた。なにも用意してこなかった双秋が負けてしまうのは、当然のことである。

「我慢比べねぇ。双秋とあんたならいい勝負になるか。そういうのは相手を選んでやれよ。我慢比べが得意な海成《かいせい》や茉莉花《まつりか》相手だと、絶対にあんたが負ける」

「はいっ！　勝てる相手と勝負します！」

海成と茉莉花はすごい人だと、莉杏は改めて感心した。

「陛下に出された問題が解けていないのは、あとはわたくしと海成だけですね」

相談されることに慣れたその先にあるもの。

莉杏はそれを見つけるために、一歩引いた位置に立っていたのだけれど、一歩引いた位置というものがよくわからなくなってきた。

「あんたはもうその先をわかっているんだろうけれど、自覚がないんだろうな。ま、ゆっくり考えたらいいんじゃない？」

普通に考えても見つけられないものだということは、莉杏にもわかっている。

頭の中だけでも、陛下ごっこや女官長ごっこをしてみるのもいいかもしれない。人の上へ立つことに慣れた人の立ち位置というものを、もっと学ぶ必要がありそうだ。

「海成の問題は難しい。茘枝城に戻《もど》ったら、準備と覚悟《かくご》を終えた海成がすぐにあんたへ相談してくるだろうよ」

「わたくし、海成が気持ちよく相談できるようにがんばります！」

莉杏は今回のことで、相談には色々な形があるということを学んだ。

相談者は、助言を求めているときもあれば、ただ話を聞いてほしいときもある。

そして、目的に合わせて相談相手を決めている。

相談者がどうしてほしいのかは、普段からその相談者をよく見ておかなければわからないだろう。

(双秋が『一歩引く』を得意としているように、わたくしも普段からときどき『一歩引く』をして、遠くから状況を眺めなければならないわ)

近くからだと、一対一の見方しかできない。

今回は、暁月から「答えがわかってもすぐに言うな」と言われていたので、自然と一歩引くことができ、三つの問題の答えをまとめて出すことができたのだ。

「海成には……まあ、あんたなりによりそってやればいいさ」

暁月は皆へ問題を渡す前に、もう自分なりの答えをつくっていたはずだ。

海成がどこで悩むのかもわかっているのだろう。

(海成はどんな問題をもらったのかな)

暁月はきっと海成に『自分以上の答え』を求めている。

海成ならできるはずだと、莉杏は微笑んだ。


夜中、海成《かいせい》を乗せた馬車が睡蓮宮にやってきた。

碧玲《へきれい》はその知らせを受け取ったあと、急いで海成を迎《むか》えに行く。

「夜遅《よるおそ》くなってすみません。できれば皇后陛下が起きているうちに到着したかったんですが……」

すっかり暗くなっている睡蓮宮を見て、海成が残念だと呟《つぶや》く。

「急ぎの件であれば、皇后陛下もお許しになるだろう。取り次ぐこともできるが……どうする？」

「いいえ、明日の朝にします。できるだけ急ぎたい話ではありますが、今すぐにという話ではありませんから」

「わかった。海成は官吏《かんり》の宮を使ってくれ。それから……」

馬車から女性が一人降りてくる。

碧玲は松明《たいまつ》の灯《あか》りしかもっていなかったけれど、その女性が誰であるのかをわかってしまった。彼女は、後宮の女官だった『伍彩可《ごさいか》』だ。

煌《きら》びやかな衣装《いしょう》がなくても、華《はな》やかな飾《かざ》りがなくても、彩可は松明の灯りに照らされて美しく輝いていた。

「彩可、貴女《あなた》は女官の宮に案内しよう」

「ありがとうございます」

彩可は丁寧《ていねい》に頭を下げる。後宮での女官教育の成果が、彩可の中にまだ残っていたのだ。

「……大丈夫《だいじょうぶ》か？」

碧玲の言葉に、彩可は頷いた。

「覚悟はできております」

迷いのないよく通る声がこの場に響《ひび》く。

碧玲はそれ以上なにも言わず、無言で歩き始めた。

四問目

睡蓮宮《すいれんきゅう》に滞在するのも残りわずかというときに、海成《かいせい》がやってきた。

もうすぐみんなで茘枝城《れいしじょう》に帰るのにどうしてわざわざここまで……と莉杏《りあん》が思っていると、大事な話をしたいと海成から頼まれる。

きっと暁月《あかつき》から渡《わた》された問題の話をしたいのだろう。莉杏はよし、と気合を入れた。

「皇后陛下《こうごうへいか》、失礼いたします」

莉杏の部屋へ、海成と共に女官長《にょかんちょう》も入ってくる。なんだか不思議な組み合わせだ。

「後宮《こうきゅう》に関係する話でもありますので、女官長に同席をお願いしました」

女官長は丁寧《ていねい》に頭を下げたあと、扉《とびら》をちらりと見た。どうやら、他にも呼ばれている人がいるらしい。

「皇后陛下、失礼いたします。……舒《じょ》海成に頼まれ、伍彩可《ごさいか》を連れて参りました」

碧玲《へきれい》が扉を開けて入ってきた。そして、その後ろに彩可もいる。

（伍彩可……⁉）

元は後宮の女官であった伍彩可は、今は城下の刺繍《ししゅう》の店で働いていたはずだ。彩可からの手紙には、いつかは自分の店をもち、後宮からも刺繍作品を依頼《いらい》されるようになりたいと書かれていた。

「彩可、久しぶりですね。元気にしていましたか？」

「はい。皇后陛下に御目見《おめみ》えできて光栄でございます」

皇后に謁見《えっけん》するということもあって、彩可は女官の衣服を慌《あわ》てて借りてきたのだろう。

少し大きめだが、なんとか上手《うま》く着こなしている。

「まずは俺に話をさせてください。少し長くなるかもしれませんが……」

海成は地図を卓《たく》に広げ、南方の国を指差した。

「港敲《こうこう》……これは赤奏語《せきそうご》の発音なので、正しくは『シュリ・ヴァドティ』だそうですが、この港敲国の溱《しん》国王陛下が去年の今頃《いまごろ》、赤奏国を訪ねていたそうです。そのときの記録がこちらになります」

海成は必要なものをすべてもってきたらしい。礼部《れいぶ》に保存されているはずの書類を卓に載《の》せていく。

莉杏は、礼部の記録を最初だけ読んでみた。日付と客人の名前が書いてある。

「先の皇帝《こうてい》陛下は、溱国王陛下と賭けごとをしました」

「賭けごと……？」

「港敲国は海に囲まれた国で、水害が多いんです。それで溱国王陛下は、治水に力を入れるようになりました。溱国王陛下が赤奏国を訪れたときに、まだ今年は一度も水害がないという話を始めたら、先の皇帝陛下が張り合い……どちらが長く水害を発生させずにいられるかという賭けごとをすることになったんです」

莉杏は、龍水河《りゅうすいが》が増水したときのことを思い出す。あのときは、水が河の両側にある縷堤《るてい》と呼ばれる堤防《ていぼう》を乗《の》り越《こ》えていってしまったけれど、遥堤《ようてい》でなんとか食い止めることができた。

民《たみ》に被害《ひがい》はなかったけれど、これはたしかに水害と言えるだろう。

「もしかして、この間の龍水河の氾濫《はんらん》で……」

「賭けに負けたことになりますね。調べてみたら、賭けをして以来、港蔵国内で水害は発生していませんでした」

莉杏は海成の話を聞いて、難しい話だと思う。

亡《な》くなった先の皇帝によって行われた賭けごと。しかし、先の皇帝が亡くなってしまった。この賭けごとはまだ有効なのだろうか。

「この賭けごとが口約束だったらよかったんですが、公文書になっているんです」

「あら、それは大変ですね。ですが、お約束は先の皇帝陛下と……ですよね？」

暁月には関係のない話だともっていけないだろうか。

莉杏の言葉に、海成はそうなんですと頷《うなず》いた。

「皇帝陛下の感覚では『先の皇帝から皇帝位を簒奪《さんだつ》した』になっていますが、表向きはあくまでも『正式に後を託《たく》されて即位《そくい》した』です。後を託され……ということですので、お約束も託されたと解釈《かいしゃく》すべきでしょう。向こうもそのように解釈していたようで、賭けごとの話はどうなったのかと、正式文書にてこちらに問い合わせてきました」

莉杏は暁月が即位したときのことを思い出す。

先の皇帝が病で急死したあと、幼い皇太子《こうたいし》は世を儚《はかな》んで道教院《どうきょういん》へ入ることを決め、皇帝の異母弟《いぼてい》である暁月に後を託した……という筋書きになっていたはずだ。

「では、先の皇帝陛下に代わり、わたくしたちが賭けごとの約束を果たさなければならないのですね」

「はい。先の皇帝陛下は、ご自分の後宮の素晴《すば》らしさを溱国王陛下に語っていたそうです。溱国王陛下は、賭けに勝ったら『後宮で一番の美姫《びき》がほしい』とおっしゃり、先の皇帝陛下も了承《りょうしょう》していました」

「先の皇帝陛下の後宮……」

莉杏は、先の皇帝の後宮へ入ることになっていた。しかしその前に先の皇帝が亡くなったため、莉杏は暁月の皇后になってしまった。後宮に入ったのはそれからのことなので、先の皇帝の妃《きさき》について知っていることはほとんどない。

「先の皇帝陛下のお妃さま方は、実家に帰るか道教院に入っております」

女官長の言葉に、莉杏はどうしたものかと首をかしげる。

「難しい問題ですね……」

暁月の後宮には、皇后の莉杏しかいない。約束を果たしたくても果たせないのだ。

そして、莉杏にとっては、約束を果たす以前の問題もあった。

(後宮物語の中に、異国の地へ向かうことになる妃の話があった……)

それはとても悲しい話だった。

言葉も通じない、そして味方がいない地へ、妃はしかたなく行くことになったのだ。

その国の王に愛されたらいいけれど、愛されなかったときは、命さえ危《あや》うくなる場合もあるし、助けを期待することもできない。

「妃を他の国へ……という例は、皇后陛下もご存じの通り、これまでに何度もありました。それ自体に問題はないのですが、陛下の後宮には皇后陛下以外の妃がいないため、約束を果たそうにも果たせません。後ほど……と言いたいところですが、まだなのかと急《せ》かされてしまったので、できるだけ早く対処すべきです」

海成は「それで……」と言いながら、彩可を見る。

「彼女を翠家《すいけ》の養女とし、当代の皇帝陛下の後宮に入ってもらい、溱国王陛下に差し上げるというのはどうでしょうか」

莉杏は、この場に彩可や女官長がいる理由をようやく理解した。

海成は先の皇帝と溱国王の約束を守るために、どうしたらいいのかを考え、人選までですませてくれていたのだ。

「……彩可はこの話を知っていたのですか？」

莉杏は、ずっと黙《だま》って話を聞いていた彩可に尋《たず》ねてみる。

彩可は穏《おだ》やかな表情で頷いた。

「碧玲さまから事情を伺《うかが》っております。皇帝陛下と皇后陛下のお役に立てるのであればぜひに、とお返事をしました」

彩可はもう覚悟《かくご》を決めているのだろう。莉杏はどういう顔をしたらいいのかわからないまま、次は女官長を見る。

「女官長は……」

「妃には妃のための教養というものがございます。翠家の養女となる手続きをしていただく間に、彩可には女官として再び後宮に入ってもらい、すぐに妃教育を始め、手続きが終わったと同時に妃となってもらう……という流れがよいかと思われます」

女官長もまた、どう動くべきかをわかっているようだ。

あとは莉杏が「その通りに進めてほしい」と言うだけなのだろう。

（海成は問題の答えを出した。答えに必要なものをすべて揃《そろ》えてくれた。わたくしは海成の言葉に頷くだけでいい）

みんなが自分を見ている。次の言葉を待っている。

海成は皇后である莉杏を尊重しているから、皇后が決断するという場をつくってくれたのだ。

しかし、この決断はあまりにも悲しい。莉杏は、ほんの少しずるくなることにした。

「時間があまりないようなので、彩可の後宮入りの話と、妃教育の件は進めてください。それから、翠家の養女になることも。……ですが、港畝国へ行くという話についての最終決定は、もう少しあとにしましょう」

考える時間がほしいと莉杏は告げる。

海成も女官長もわかりましたと言って頭を下げた。彩可も黙って頭を下げる。

「……少し一人にしてください」

莉杏は、海成たちに部屋から出て行ってもらったあと、くちびるを噛《か》みしめた。


しばらくすると、莉杏《りあん》は扉の向こうから声をかけられた。

「おい、室内庭園にでも行くか？」

暁月《あかつき》の声だ。冬でも花が咲《さ》き誇《ほこ》る室内庭園を歩けば、少しだけ気分が上向くだろう。暁月と一緒《いっしょ》なら、きっと落ちこんでいるこの状況でも楽しめるだろう。

（……陛下に、慰《なぐさ》めてほしい）

この扉を開ければ、きっと慰めてもらえる。どうしようもないことだと自分の気持ちによりそってもらえる。これが仕事だからと子どものように言い聞かせられて、大人の事情へ納得《なっとく》できるようにしてもらえる。

莉杏は自分のくちに手のひらをぐっと当てた。そうしないと、「今行きます」という声が出そうになるのだ。

——わたくしはそれでいいの？

用意された問題と答えを、そのまま受け入れてもいいのか。

諦《あきら》めることを大人になることだと言いきっていいのか。

どうすることが正しいのか、どう思うことが正しいのか。これはきっとどれだけ考えてもわからないだろう。

（それでも……わたくしは、なにもしていない……!!）

考えることも、悩《なや》むことも、動いてみることも、まだなに一つしていなかった。

結局は慰めてほしいと願うことになったとしても、迷ったり苦しむことが無駄《むだ》な時間になってしまったとしても、ここでは歯を食いしばっていたい。

（今できることはそれだけだもの……！）

頭を撫《な》でてくれる優《やさ》しい手のひらも、抱《だ》きしめてくれる腕《うで》も、慰めてくれる声も、ほしいと願うのはもう少しあとだ。

「陛下、わたくし……」

莉杏は一度、言葉を切る。

頭の中で、何度も何度も続きの言葉を練習しておく。そうしないと、違《ちが》う言葉をくちにしてしまいそうだ。

「一人で大丈夫《だいじょうぶ》です。……がんばります」

誰がどう聞いても、大丈夫ではない声だった。がんばると言いながらも、みっともなく震《ふる》えている。

しかし暁月には、莉杏の気持ちが伝わったのだろう。

暁月は莉杏にとても優しい口調でいつも通りの返事をしてくれる。

「あっそ」

それ以上、なにも言わなかった。部屋に入ってくることもない。

暁月はしばらくその場にいたあと、黙って立ち去った。

（ありがとうございます、陛下……）

莉杏の気持ちを尊重してくれた暁月のおかげで、ほんの少し元気が出た気がする。

「わたくしはどうしたいのかしら……」

進勇《しんゆう》に言った「どうすべきか」ではなく「どうしたいか」。

——彩可《さいか》、わたくしは貴女《あなた》の夢を応援《おうえん》したい。でも、皇后として貴女を港蔵国に差し出すという決断をしなければならない。

きっと今の莉杏は、彩可の気持ちによりそうこともできないだろう。自分の気持ちだけで手いっぱいだからだ。もっと色々なことを考え、整理してから、改めて彩可とこれからの話をしよう。


莉杏が一人でなにをしたらいいのかを考えていると、碧玲《へきれい》が部屋にくる。

碧玲は、彩可を女官の宮へ送ったあと、翠家《すいけ》に使者を出して養女の件を急ぎで進めてほしいと頼んでおいた……という報告をしてくれた。

「彩可はどんな様子でしたか？」

「私は普段の彼女の様子をほとんど知らないので、見たままの印象になりますが……ずっと冷静だったと思います」

彩可は、遠くの異国へ行くことに同意した。そこに味方は誰一人いない。生涯《しょうがい》を終えても帰ることはできないかもしれない。

(彩可はどうしてこの一件を引き受けてくれたのかしら……。先の皇帝陛下をあれほど憎《にく》んでいたのに)

先の皇帝の時代の約束を果たすための貢物《みつぎもの》にされることを、彩可は嫌《いや》だと思わなかったのだろうか。

「彩可は……、皇帝陛下と皇后陛下に感謝していました」

「たしかにわたくしたちは、彩可のご家族を陥《おとしい》れた妃が誰なのかを調べ、彩可に教えましたが……」

「……彩可は、人として正しい道へ導いてくださったことにも感謝していたのです。彩可はきっと、復讐《ふくしゅう》の計画を立てていたとき、復讐後の人生を考えていなかったでしょう。ですが、両陛下のおかげで気持ちに区切りがつき、自分のために生きることができるようになったのです」

刺繍の腕をさらに磨《みが》き、自分のお店をもち、いつかは……。

そんな希望あふれる未来を、彩可はようやく見られるようになったのだ。

「彩可はこれからだったのに……」

刺繍はどこにいてもできる。しかし、そういうことではないのだ。

「わたくしは、彩可の未来を犠牲《ぎせい》にしたくはありません。いつか、彩可の刺繍が施《ほどこ》された皇后の上衣を着るつもりでいました」

莉杏の呟《つぶや》きに、碧玲は自分の拳《こぶし》にぎゅっと力をこめた。

「私もです。彩可には、自分で選んだ人生があるはずです」

碧玲は莉杏とは違い、悲しみではなく怒《いか》りを表す。

「女はいつだって政治の道具です。あの男と結婚《けっこん》しろ、それがお前の幸せだと、政治のためだという本音を隠《かく》したまま、男は女に不幸を押しつけてきます。彩可が心から幸せになれると思って結婚をするのなら応援します。でも今回は絶対に違うはずです」

碧玲は、彩可と自分を重ね合わせていた。

今回はたまたま自分が選ばれなかっただけだと、碧玲はわかっているのだ。次は自分が誰かに嫁《とつ》げと言われる側になるかもしれない。

「……皇后陛下、他に方法はないのでしょうか」

碧玲が苦しげな声を出す。

「もしあるのなら、私はその方法に全力を尽《つ》くしたいのです」

「碧玲……」

「国のための結婚だということは、私もわかっています。ですが、私は最後まで悪あがきをしたいんです。彩可に、貴女の味方がいると示したい。……ただの、自己満足ですが」

そんなことをされても迷惑《めいわく》だとか、同情はいらないとか、彩可は思うかもしれない。

碧玲は、だからこれは自己満足だと言いきった。

「わたくしも自己満足したいです！」

　莉杏は一緒だと叫《さけ》ぶ。

「他に方法がないのかを探してみます！　海成《かいせい》が考えて、これが一番いいという結論を出したのなら、よりよい答えを見つけるのはとても大変ですが……。それでもわたくしは、あのときなにもしなかったという後悔《こうかい》をするよりも、自分の力足らずを後悔する方がいいです！　なにもしなければ、きっとわたくしは無意識に、わたくしではない誰かを、なにかを恨《うら》んでしまいそうになるから……！」

「皇后陛下……！」

　しかたなかったと自分を慰めるとき、どうしても自分を被害者にしてしまう。被害者がいるということは、加害者がいるということだ。

　この話を積極的に進めている人や、約束を守っているだけの異国の王を、無意識に加害者にしてしまうかもしれない。

（それは絶対にしてはいけないことだわ）

　みんなつらい思いをしている。そんなときに、誰が一番つらいのかを競《きそ》い合《あ》うべきではない。

「とりあえずわたくしは海成と話をしてみます」

「お願いします」

碧玲は彩可のためになにかをしたいと思っているけれど、どこから手をつけたらいいのかもわからない。その辺りは莉杏を頼《たよ》ってしまうけれど、自分にできることはなんでもしようと決意した。

赤奏国《せきそうこく》を守護する朱雀神獣《すざくしんじゅう》の異名は、鳳凰《ほうおう》だとも言われている。その言い伝えによって、赤奏国では『夫婦《ふうふ》』という関係が尊ばれるようになり、結婚してようやく一人前だという感覚を皆がもつようになった。妻をもたない皇子《おうじ》は皇帝になれないという決まりもできた。

そして、皇帝と比翼連理《ひよくれんり》の絆《きずな》で結ばれている皇后は、いざとなったら皇帝の代理人になることも可能だ。

莉杏《りあん》は、いざというときに備えて、皇帝代理ができるように様々なことを学んでいる。勿論《もちろん》、外交の勉強もその中の一つだ。

「外交というのは、先に結論があるんです」

莉杏は海成を呼び出し、外交の基本をもう一度教えてほしいと頼んだ。

海成は大陸図を広げ、赤奏国を指差しながら、莉杏に外交の基本を語る。

「仲よくしたい国なのか、仲よくできない国なのか。仲よくしたいのなら、どうして仲よくしたいのか。結論に合わせた外交をするんです」

「これから仲よくなるかもしれない国もありますよね？」

「それは『できれば仲よくしておきたい国』という結論にしておきます。状況《じょうきょう》が変われば結論も変わりますので、外交の方針を考え直すことはよくあります」

海成の指が少し北に向かう。

「まずは白楼国《はくろうこく》。赤奏国にとっての白楼国は、なにがなんでも最優先しなければならない国です。絶対に怒《おこ》らせてはいけない、力関係がとてもはっきりしている相手ですね。ここは一番仲よくしたい国です」

なにかあるたびに、暁月《あかつき》は白楼国に助けを求めてきた。その代償《だいしょう》はとても大きいと言っていた。最優先することも、怒らせてはいけないことも、その代償のうちの一つなのだろう。

「西のムラッカ国。この国とは何度か戦争をしています。好戦的でやっかいな国です。白楼国と仲よくしておきたいのは、この国が信頼《しんらい》できないという理由もありますね。ムラッカ国は平気で和平条約を破るので、必要以上に仲よくしてはいけない国です」

海成が周辺国の特徴《とくちょう》を説明してくれる。

莉杏は、全部覚えていられるだろうかと不安になってきた。

「ちなみに、しっかり覚える必要はありません」

「そうなのですか⁉」

「なぜなら、国の方針というものは、そのときそのときですぐに変わるからです。王の考え方がゆっくり変わっていくときもあれば、代替《だいが》わりで大きな変化をすることもある。もしくは、国自体がなくなるときだってあります。外交は生きものなんです」

なるほど、と莉杏は納得する。

「港畝国《こうこうこく》はどんな国ですか？」

「大きな島と、大陸に小さな土地をもつ国です。大陸の小さな土地の方は港街になっていて、この港街がこの大陸の物流の重要地点になっています。船を使って貿易をするのなら、この港が使えないとどこの国も困るんですよ。ちなみにこの港街は、潮の満ち引きによって、道が海水に浸《つ》かってしまうこともあるそうです」

「浸かってしまって大丈夫なんですか⁉」

「そうなるとわかった状態で家を建てていますからね。家の一階が高いところにあるんです」

海成は、一階が浸かっている家の絵を描《か》いてくれた。

「当代の溱《しん》国王陛下は有能な人物です。自分の国に求められているものを理解し、物流と外交を重視しています。他の国にとってなくてはならない国になることで、戦争を避《さ》けているんです」

莉杏は、海成の説明に納得するところもあれば、疑問を抱《いだ》くところもあった。

「外交を重視しているのに、赤奏国に『あの賭けごとはなかったことにしてもいいよ』と言わないのはどうしてですか？」

「その言葉はくちにしないでしょうね。なかったことにしてもいいよと言っても、港敲国になにも旨味《うまみ》がありませんから。約束を守れないなら代わりのものを出せ、と言うことならあるでしょう」

外交は、先に結論がある。

港敲国にとっての赤奏国は『仲よくしたい国』ではあるけれど、約束を破ってもいいと言えるほどの仲のよさはないのだ。

「赤奏国にとっての港敲国は、『約束を守って仲よくしたい国』なのですね」

だから、なかったことにしようと言い出せない。

暁月はそのことをわかっていたから、どうにかして約束を守ってくれと、海成にこの問題を託したのだ。

「……湊国王陛下は、綺麗《きれい》なお妃さまがほしかったのですか？」

「綺麗な女性をほしがる王の方が普通《ふつう》なんですよ。白楼国にだって素晴らしい後宮があります。我が国の皇帝陛下が例外中の例外なんです」

「白の皇帝陛下の後宮……」

白楼国の皇帝『珀陽《はくよう》』には、素敵《すてき》な想《おも》い人《びと》がいる。身分の差という厚い壁《かべ》を、あの二人なら乗り越えられると莉杏は信じていた。

(白の皇帝陛下は、本気で綺麗な女性をほしがっているわけではない。白楼国の力を示すための後宮をつくっているだけ。……湊国王陛下は、綺麗な人がほしいのか、力を示したいのか、どちらなのかしら)

莉杏は湊国王のことをよく知らない。まずはどんな人なのかを知るべきだろう。

「海成は湊国王陛下とお話をしたことがありますか？」

「礼部《れいぶ》にいたら近くで声を聞くぐらいのことはあったかもしれませんが、ずっと吏部《りぶ》にいたので、そういえばきているという話を聞いたな……ぐらいの記憶《きおく》しかありませんね」

「礼部の人に話を聞けば、湊国王陛下の人となりも詳《くわ》しくわかりますか？」

「はい。話の他にも、記録からも人となりは見えてきますよ。『おもてなし』は相手を楽しませることが目的です。こまめに記録をつけて次回に備えているはずです」

基本的に、記録されていることよりも人の記憶の方が、より多くのものを教えてくれることが多い。しかし、おもてなしに限っては、記録の方も同じぐらい役立ちそうだ。

莉杏は、溱国王がきたときの礼部の記録をすぐにすべて見ることができた。それらは、海成が礼部から借りてきていたのだ。

「海成は、わたくしがこうすることをもうわかっていたみたいね」

すごいと驚《おどろ》いたあと、早速《さっそく》礼部の記録を読んでみる。

小さな字でびっしりと書かれているので、読むのにとても時間がかかった。海成から『おもてなしのためにこまめに記録をつける』と聞いていたけれど、それでもこの細かさにはびっくりしてしまう。

「どんな衣服を着ていたのかも、誰が傍《そば》にいたのかも、なにを頼まれたのかも、どんなものを食べたのかも、朝から晩まですべてのことが記されている……！」

これさえあれば、次にきたときにおもてなしで失敗することはないだろう。

莉杏は目的を忘れ、おもてなしの記録を楽しく読んでしまった。

（宴《うたげ》を楽しんだ。城下をこっそり歩いていた。……溱国王はきっと明るい人なのね）

もしくは、そういう国王を演じていたか、だ。

暁月も莉杏も、いつだって皇帝らしさと皇后らしさを求められている。溱国王も国王らしくしている可能性は充分《じゅうぶん》にある。

（ええっと、宴では……）

溱国王がきたときに、盛大《せいだい》な歓迎《かんげい》の宴を開いていた。それに後宮の妃も参加していた。

どんな妃を気に入っていたのかを知りたかったけれど、同じ人を何度も傍に呼んだという記録はなかった。

（ここに直接言葉を交《か》わした妃の名前も載っているけれど、わたくしにはその妃がどんな方なのかわからないわ）

とりあえず名前を書き写しておいて、あとで女官長たちに聞いてみよう。

「それから……」

湊国王が自分の妃にどんな土産《みやげ》を買ったのかが気になっていた。

ひとりひとりに似合うものを選ぶのか、それとも自分の好みで選ぶのか、臣下に任せてしまっていたのか……。

（あ、王妃《おうひ》さまのお土産は自分で選んでいたのね。……王妃ではなくて、寵姫《ちょうき》かもしれないけれど）

大事な人の土産だけはじっくり選んでいたらしい。他は眼《め》についた綺麗なものを包むように指示していたようだ。

「色々わかってきたかも！　でもこれだけでは、見えてくるものに限りがありそう……」

できれば港啟国にこっそり行ってみたいけれど、その時間はない。あの約束はどうなったんだと、港啟国から急かされているのだ。

「せめて湊国王と親しい人から話が聞けたら……」

赤奏国内にそういう人はいないのかなと思っていると、女官が部屋の中に入ってきた。

「皇后陛下、白楼国の晧茉莉花《こうまつりか》さまがいらっしゃっています」

「茉莉花が⁉」

そういえば、茉莉花が仕事の帰りに赤奏国を通るから顔を出すかもしれない、という話を暁月がしていた。

忙《いそが》しいのにわざわざきてくれた茉莉花に、莉杏は嬉《うれ》しくなる。

迎《むか》えにいきたいのを我慢《がまん》して待っていると、女官が茉莉花を連れてきてくれた。

「ゆっくりなさっているときにお訪ねしてしまい、申し訳ありません。赤の皇帝陛下も赤の皇后陛下もお元気そうでなによりです」

既《すで》に茉莉花は暁月との挨拶《あいさつ》をすませていたらしい。だったら遠慮《えんりょ》はいらないと、莉杏は女官に茶の準備をしてほしいと頼んだ。

「茉莉花はお仕事で叉羅国《サーラこく》に行っていたのですよね？」

「はい。その仕事がようやく終わりました。今回、赤奏国にご助力を頂きましたので、ご挨拶だけでもできたら……と」

「赤奏国も関わっていたのですか⁉」

先日、叉羅国とムラッカ国との間で戦争が始まったという話と、その関係で茉莉花が叉羅国へ行っているという話は、暁月から聞いていた。

一体いつの間に……と莉杏は驚く。

赤奏国がどんな手伝いをしていたのかを考えていると、茉莉花が微笑んだままよくわからないことを言い出した。

「赤奏国は、なにもしないというお手伝いをしてくださったんです」

「それはお手伝いなのですか？」

「そうです。なにもしないことにも意味がありますから。今回は、なにもしないことで『貴方《あなた》を応援しています』という意味になったんです」

動くことだけが応援になるわけではない。

茉莉花の教えに、莉杏はどきっとしてしまう。

彩可《さいか》の一件で、莉杏はなにかをしたいと思っている。これはただの自己満足のつもりだったけれど、それだけではないのかもしれない。

（わたくしが動けば、海成にとっては『貴方を応援できない』の意味になってしまうのかも……）

莉杏が彩可のために動いていることは、海成にも伝わっているはずだ。

莉杏は海成を責めるつもりなんてなかった。ただ今回は、別の方法があってほしいと莉杏が勝手に願ってしまっただけなのだ。

「もしかして、なにか悲しいことでもありましたか？」

海成に申し訳ない気持ちになっていると、茉莉花が優しく声をかけてくれる。

「話を聞くだけならわたしにもできます。今だけですが、傍にいることも」

莉杏は、茉莉花にすべてを打ち明けたくなってしまった。しかし、これは赤奏国内の問題で、茉莉花に話してもいいことではない。

莉杏は甘い誘惑《ゆうわく》をぐっと堪《こら》えたあと、なんとか背筋を伸《の》ばす。

「……ええっと、茉莉花は港敲国の溱国王陛下とお話をしたことがありますか？」

「港敲国の溱国王陛下……礼部にあった溱国王陛下に関係する記録を読んだことならありますが、直接お眼にかかったことはありません。なにか気になることでもおありですか？」

「わたくしは今、溱国王陛下の人となりを知りたいのです。記録から見えてくるものもあるのですが、それだけではどうしても大事なところがわからないので……」

莉杏の言葉に、茉莉花はうんうんと頷いてくれる。

「港敲国は今、外交の季節ですね」

「外交の季節？」

「自国の港を使っている国を回り、ご挨拶をして、これからも仲よくしましょうという約束をしているんです。北方の国は、冬になると国内の動きが穏やかになりますので、忙しいときに訪ねるよりも、より歓迎されるんですよ」

そういえば暁月も、冬だから少し余裕《よゆう》があると言っていた。その話の意味が、ようやく莉杏の中で深まってきた気がする。

「溱国王陛下だけではすべての国を回りきれませんので、王族の方々が外交を手伝っています。皆さまが例年通りに回られているのであれば、溱国王陛下のお姉さまである聚夫人《じゅふじん》がこの近くにいらっしゃるはずですね」

「本当ですか⁉」

「はい。わたしから聚夫人に手紙を出しておきましょうか。先日は寒い中、白楼国にきてくださり、本当にありがとうございました。赤奏国に素晴らしい温泉があると聞きましたので、機会がございましたらそこでゆっくりお身体《からだ》を温めてみてください。我が国の皇帝陛下も一度は行ってみたいと申しておりました。……と書いておけば、聚夫人がここにきてくださるかもしれません」

少し前、暁月は茉莉花の記憶力のよさを褒《ほ》めていた。誰がどこでなにをしているのか、細かいところまできっちり覚えていて、配慮《はいりょ》を忘れることはないと。

（すごい……！　茉莉花はなんでもできてしまうのね……！）

うわぁと莉杏は感激する。

ならば急いでおもてなしの準備を……と考え、はっとした。

「わたくしからお招きしたいとお願いをするのは駄目《だめ》なのですか？」

聚夫人がどこにいるのかわかれば、莉杏が皇后として急ぎの使者を送ることもできるはずだ。

白楼国の官吏《かんり》である茉莉花にそこまでの手間をかけさせるわけには……と莉杏は心配したのだけれど、茉莉花は優しく笑ってくれる。

「正式なご招待をすると、聚夫人は一度国にその書状をもち帰って検討するでしょうから、きていただくまでに時間がかかるかもしれません。聚夫人が個人的に少し足を伸ばして温泉地にきて、偶然《ぐうぜん》にも赤の皇后陛下もそこにいらっしゃって、赤の皇后陛下が個人的に聚夫人を睡蓮宮へご招待したという形にしましょう。ご安心ください。我が国の皇帝陛下のことを匂《にお》わせておけば、きっときてくださいます」

──聚夫人は、白楼国の皇帝の名前を使えば、睡蓮宮にきてくれる。

どういうことなのか、莉杏はまだその意味がしっかりわかっていない。ただ、白の皇帝にそれだけの影響力《えいきょうりょく》があるということは理解できた。

「白の皇帝陛下は、港敲国にとって大事な方なのですね」

港敲国にとっての白楼国は、『絶対に仲よくしておきたい国』という結論がある。だから港敲国は、白楼国からの突然《とつぜん》の手紙になにか意味があると思い、その通りに動いてくれるのだ。

「あ……でも、茉莉花はお手紙を勝手に出してもいいのですか？」

あとで叱《しか》られないかと莉杏が心配したら、茉莉花は「大丈夫です」と言いきった。

「禁色《きんじき》を使った小物を頂いている文官《ぶんかん》なので、そのぐらいの権限はあります」

茉莉花からの頼もしい言葉に、莉杏はほっとする。

「外交は、国同士の損得の話ですが、そこに人の感情が加わることも間違《まちが》いありません。……赤の皇后陛下がわたしのために動いてくださったから、わたしは禁色を使った小物を授与《じゅよ》されたのです。お礼になにかをしたいとずっと思っていました。これは赤の皇后陛下の外交が成功したということでもあるんですよ」

人の感情が加わるのは、国も個人も同じ。

海成は彩可の話をしていたとき、表情を変えていなかったけれど、海成にも思うところがあったはずだ。莉杏は、海成の気持ちにもよりそわなくてはならない。


茉莉花《まつりか》はすぐに手紙を書き、使者を出してくれた。

運がよければすぐ聚《じゅ》夫人にきてもらえるし、使者と聚夫人がすれ違ってしまえば予定よりも数日はかかるだろうと言い残し、茉莉花は帰っていく。

「もっと色々なお話をしたかったわ」

茉莉花には茉莉花の予定があるから、引き留めることはできない。

莉杏《りあん》は次こそゆっくり話をしたいと思いながら、笑顔で見送った。

「聚夫人がきてくださる前に、できることはしておきましょう！」

まずは部屋に戻り、礼部《れいぶ》の記録の続きを読む。そのまま資料の読みこみをがんばっていると、進勇《しんゆう》が訪ねてきた。

「広道士《こうどうし》がおいでになりました」

広元妃《もとひ》の到着《とうちゃく》の知らせを聞いた莉杏は、早速部屋に招く。

進勇から渡された道服を着ている広元妃は、『身を隠しながら道士として国の安寧《あんねい》を祈《いの》っていた』という設定通りの受け答えをしてくれた。

「広道士、ようこそおいでくださいました」

「お招きありがとうございます」

「お身体の調子があまりよくないと聞いています。のちほど、ゆっくり温泉に浸かって疲《つか》れを癒《い》やしてくださいね」

「もったいないお言葉でございます」

広元妃は、とても穏やかな方だったと女官たちが言っていた。聞いていた通り、莉杏に向ける視線はとても優しい。

「素敵なお茶ですね、ありがとう。なにかあったら呼びますね」

莉杏は、茶の準備が終わるのを見計らい、女官たちを下がらせる。

それから改めて、広元妃に感謝の気持ちを伝えた。

「わたくしたちのお願いを聞き届けてくださり、ありがとうございました。明日から形だけでも経典《きょうてん》の読誦《どくじゅ》をしてもらいたいのですが、大丈夫でしょうか」

「お気遣《きづか》いありがとうございます。道中で読誦の練習をしてきました。上手く読めないとは思いますが、精いっぱいがんばります」

広元妃は道士にさせられたあと、死んだことにして、二度目の人生をそっと送っていた人だ。道士としての修行《しゅぎょう》をしたことはないけれど、少しだけそれらしくしてもらうことになる。

「元妃《もときさき》たちの亡霊《ぼうれい》がこの睡蓮宮に集まっている。……それはただの嘘《うそ》だと進勇殿《どの》から聞いていますが、本当にそのような気もしています。そのぐらい、後宮には恐《おそ》ろしいものが渦巻《うずま》いておりました」

先々皇帝の後宮にいて、呪詛《じゅそ》を行ったという理由で罪に問われた広元妃。

彼女は華《はな》やかな後宮に返《かえ》り咲《ざ》くことを望まず、新しい人生を選んだ。自分の幸せがどこにあるのかをわかっていたのだろう。

「当代の皇帝陛下の後宮にいらっしゃる妃は、皇后陛下お一人のみだと、進勇殿から聞きました。本当なのでしょうか」

「はい、本当です。今は苦しんでいる民が多く、その救済を最優先しなければならないときなので、妃を増やすつもりはないと陛下はおっしゃっています」

広元妃は、まあ……と言いながら涙《なみだ》をにじませた。

「素晴らしい皇帝陛下が即位なさったのですね……。私はずっと、皇帝陛下と皇后陛下の比翼連理の絆を引き裂《ひさ》こうとする妃がいることに、心を痛めておりました。きっと当代の皇帝陛下は、皇后陛下を生涯大事になさり、他の妃の妄言《もうげん》を信じることはないでしょう。この国の未来が希望で満ちあふれていて、とても嬉しいです。亡くなった潘《はん》元妃も喜んでいるはずです」

「広道士は潘元妃と親しくしていたのですか？」

「いいえ。数回、言葉を交わしただけです。しかしながらあの方は、皇后となるために育てられた女性で、皇后としてとても立派な方でございました。私はいつも陰《かげ》ながら尊敬しておりました。もしあの方の亡霊が現れたとしても、当代の皇帝陛下と皇后陛下のお姿をご覧になれば安心し、眠《ねむ》りにつくはずです」

広元妃は優しくて穏やかで、ほっとできる人だ。

先々皇帝が勅赦《ちょくしゃ》によって広元妃の罪を許し、道士として生かしたのも、きっと彼女がやったことではないと信じられたからだろう。

「それでは、庭園を案内しますね」

穏やかな会話を楽しんだあと、莉杏は広元妃と共に庭園を歩き、睡蓮池をぐるりと一周する。

懐《なつ》かしさからどこか遠くを見つめる広元妃に、莉杏はどんな言葉をかければいいのかわからなかった。

（楽しいことも、つらいことも、きっとたくさんあったはず）

いつかは莉杏もこんな気持ちになるのだろうか。

できれば楽しい思い出をたくさんつくっておきたい。

「まあ、翡翠《ひすい》の花が増えていますね」

室内庭園の一角に、翡翠でつくられた花が植えられている。

広元妃は数をかぞえ、十五本増えているのね……と呟いた。

「先々皇帝陛下は、後宮の妃の数だけ翡翠の花を植えるとおっしゃっていました」

「妃の数……！　では、この一番大きな花が皇后の花でしょうか」

かつての睡蓮宮と変わっているところを、広元妃は丁寧に教えてくれる。

暁月《あかつき》は睡蓮宮に手を加えていないだろうから、きっと先の皇帝陛下の指示で変えられたところなのだろう。

「睡蓮宮は先々皇帝陛下にとても愛されていました。先々皇帝陛下が足に怪我《けが》をなさったときは、毎日睡蓮宮の湯を茘枝城《れいしじょう》の後宮に届けさせ、足湯をしていらっしゃいましたね」

「毎日……！」

　湯を運ぶための馬車を毎日動かすのは大変だろう。しかし、皇帝の権力は、それを可能にしてしまうのだ。

「そのとき、後宮では足湯が流行《はや》りました。さすがに妃程度では睡蓮宮の湯を毎日頼むことはできませんでしたが、湯に花を浮《う》かべてみたり、香木《こうぼく》を使って湯に匂いを移してみたりして楽しんだのです」

「素敵な足湯が流行っていたのですね！」

「はい。妃たちは足湯に様々な工夫《くふう》をし、陛下に自分の足湯を楽しんでいただこうとしていました」

莉杏は広元妃と楽しい時間を過ごしたあと、進勇に広元妃の護衛を頼む。そして夜の宴にも招いた。

宴の間に現れた広元妃の姿を見た文官や武官《ぶかん》は、「あれは誰だ？」と囁《ささや》き合うのではなく、「あの方が噂になっていた道士の……」と頷《うなず》き合う。

「広道士は病死だと聞いていたが、生きていたんだな」

「ずっと田舎《いなか》の道教院で身を隠していたらしいぞ。今代の皇帝陛下が即位なさってから、ようやく表に出ることができたらしい」

「病で先はもう長くないとか。皇后陛下がその話を聞いて、睡蓮宮で身体を癒やしてはどうかと招いたそうだ」

夜の宴が始まるころには、双秋《そうしゅう》や女官たちによってばらまかれた噂《うわさ》がきちんと広まっていた。皆《みな》、広元妃に興味津々《きょうみしんしん》という顔をしている。

「広道士、よくきてくれた」

「皇帝陛下、皇后陛下、お招きありがとうございます」

皇帝に挨拶をする広元妃を、皆が見ていた。

優しくて控《ひか》えめな皇后であったことは有名なので、先々皇帝を呪《のろ》ったという話を信じている者はおらず、憎しみのこもった視線が集まるというようなことにはならなかった。

「体調が優《すぐ》れないと聞いた。ゆっくり養生していくといい」

「ありがとうございます。もったいないお言葉でございます」

先々皇帝や先の皇帝の気の荒《あら》さを、この場にいる者のほとんどが知っている。気分を損《そこ》ねれば、すぐに首をはねられてしまうこともだ。

暁月と広元妃が穏やかに話している光景を見て、本当にこの国が変わったことを皆は実感していた。

「……皇帝陛下、このような席ではありますが、お願いごとがございます」

「言ってみろ」

「この睡蓮宮に、悲しみを抱《かか》えたまま亡くなった者たちが集まっています。彼女たちは亡くなっていることに気づかず、今年もまた睡蓮宮にきてしまったようです」

廃后《はいこう》の幽霊《ゆうれい》が出るという話は、この睡蓮宮での熱い話題の一つだ。

道士である広元妃の言葉に、やっぱり幽霊の話は本当だったのかと皆がざわめく。

「彼女たちの供養《くよう》を私にさせていただけないでしょうか。罪を償《つぐな》い続けなければならない私に、罪深い彼女たちの弔《とむら》いをどうかお許しください」

宴に参加している者の中には、家同士の問題でどうしても許せない相手が存在している人もいる。しかし、道士の広元妃による個人的な弔いに文句を言うのは、さすがに心が狭《せま》すぎるだろうと、渋々《しぶしぶ》黙りこんだ。

「許可する。この睡蓮宮が落ち着かないのは困るからな」

「ありがとうございます」

暁月は、あくまでも睡蓮宮のためという理由で、元妃たちへの弔いを許した。

そしてこの幽霊騒動《そうどう》にぞっとしていた者たちは、ようやく安心することができた。


翌日、莉杏《りあん》は広《こう》元妃を連れて睡蓮宮を歩いた。

広元妃はときどき立ち止まり、よくない気配がすると言い出す。立ち止まったところは、妖物《ようぶつ》が出たと騒《さわ》がれていた場所ばかりだ。

これは、莉杏が事前に広元妃へ頼んでおいたことの一つだけれど、真実を知らない女官や武官たちは驚いていた。

「徳の高い道士さまだ。これで安心だな」

「きていただいて本当によかった……！」

ひそひそと話す声が、莉杏にも聞こえてくる。どうやら、合同供養に向けての計画は順調に進んでいるようだ。

ぐるりと睡蓮宮を周ったあと、休憩《きゅうけい》しましょうかと場所を移したとき、女官が莉杏に駆《か》けよってきた。

「皇后陛下、彩可《さいか》の輿入《こしい》れの話ですが……」

女官はすぐ莉杏の傍にいる広元妃に気づき、しまったという顔をする。

「申し訳ございません……！　大変失礼をいたしました……！」

「急ぎではない話なら、あとで聞きますね」

「はい。あとで伺います」

女官は必死に頭を下げていた。広元妃は気にしないでくださいと微笑《ほほえ》んでくれる。

「どなたかが輿入れをなさるのですか？　おめでたいですね」

広元妃は、莉杏の身内の誰かが結婚すると思ったのだろう。

莉杏は、どう返事をするかを迷ったあと、正直に話してもいい相手だと思い直した。後宮にいた広元妃は、このような見送りを何度もしてきたはずだ。

「実は……」

莉杏は、港敲国《こうこうこく》の王に輿入れできる妃がおらず、代わりに元女官の彩可が輿入れをしてくれることになったという流れを説明する。

すると、広元妃は胸に手を当て、眼《ふ》を伏せた。

「それは……、とても寂しいことですね」

「はい。わたくしは、少しでも港敲国の溱《しん》国王陛下について知りたいと思っているのです。のちほどここに、溱国王陛下のお姉さまである聚《じゅ》夫人をお招きする予定です」

言葉が通じない遠い地。

彩可は誰にも助けてもらえないことを覚悟しているだろう。

莉杏はそんな彩可のために、できることはなんでもしておきたかった。

広元妃は、莉杏の精いっぱいの配慮を察して静かに息を吐《は》く。

「進勇《しんゆう》殿が言っていた通り、当代の皇后陛下はとても優しい方ですね。お眼にかかることができて、本当によかったと思っております」

「いいえ、わたくしはこの輿入れを止めることができなくて……」

「皇后陛下のお気持ちは、彩可殿にもきっと伝わります」

皇后だった広元妃の言葉は、莉杏の心にすっと入ってきた。

莉杏はその優しさを大切に抱える。

「皇后陛下、港敲国の聚夫人がいらっしゃるのであれば、私に同席させてくださいませ。以前、溱国王陛下がいらっしゃったときに、溱国王陛下とお話をしたことがあるのです。共通の話題があれば、聚夫人との話も弾《はず》むかもしれません。歳《とし》も近いはずですから」

莉杏は、広元妃が溱国王と話をしていたことに驚いたあと、それは当たり前のことだと慌てて思い直した。

港敲国の王は数年に一度、赤奏国《せきそうこく》に挨拶をしにくる。そのときの歓迎の宴は毎回盛大なものであったという記録を、たしかに莉杏も見ていた。

「溱国王陛下と直接お話をしたのは一回だけですが、堂々としていらっしゃって、とても立派な方だという印象を受けました」

広元妃は、廃后たちを合同供養するために睡蓮宮へ招かれた。

茉莉花《まつりか》は、暁月《あかつき》へ挨拶をするために睡蓮宮へ立ちよってくれた。

その二人が、莉杏と聚夫人の仲を取り持ってくれようとしている。

莉杏は、広元妃と茉莉花から授けられた幸運を大事にしなければならないと、大きな瞳《ひとみ》を潤《うる》ませた。

莉杏の運はとてもよかったらしい。港蔚国の王姉殿下《でんか》である聚夫人は、毎年恒例《こうれい》の外交計画の変更《へんこう》をしていなかったようで、茉莉花からの手紙をすぐに受け取ってくれた。

莉杏は睡蓮宮に残り、聚夫人の到着を待つ。

聚夫人はあっという間にこの温泉地にきてくれて、莉杏は無事に聚夫人を睡蓮宮へ招くことができた。

「ようこそおいでくださいました。わたくしが赤奏国の皇后、莉杏です。聚夫人を心より歓迎します」

港蔚国では、結婚した女性の名前には『夫人』をつけることになっている。莉杏は広元妃から教わった通りに呼びかけ、微笑んだ。

聚夫人の横にいた通訳の男性が、聚夫人の耳元でなにかを言うと、聚夫人は頷く。

「初めまして、赤の皇后陛下。私は港蔚国の溱国王陛下の姉である、聚苞珠《ほうじゅ》と申します。このたびはお招きありがとうございます。素敵なご縁《えん》を頂けて嬉しいですわ」

滑らかな発音とはいかないけれど、こちらにきちんと伝わる赤奏語だ。

莉杏が驚いていると、聚夫人は笑った。

「あまり上手くはないのですが、少しだけ話せます」

たしかに、赤奏語……天庚国《てんこうこく》の言葉を話せるようになれば、黒槐国《こくかいこく》、采青国《さいせいこく》、白楼国《はくろうこく》、赤奏国の四つの国で不自由しなくなる。

(外交先の国の言葉が使えたら、仲よくなりたいという気持ちを見せることができるし、深い会話もできるわ)

莉杏は、様々な国の言葉で挨拶だけでもできるようにしている最中だ。どうして他の国の言葉を使うべきなのか、その意味をようやく理解できた気がした。

「わたくしは、海に囲まれた港蔵国にとても興味があるのです。聚夫人から色々なお話を聞きたいです」

「ご期待に添えるようがんばりますね」

莉杏は聚夫人から港蔵国の話を聞かせてもらったあと、温泉にゆっくり浸かってみてくださいと切り出し、妃のための湯殿《ゆどの》に案内する。

しばらくしたあと、湯殿から出てきた聚夫人は、「こんなに素晴らしい温泉は初めてです」と喜んでくれていた。

(聚夫人はわたくしにとても好意的だわ。それでも、初めて会う方と深い話をするのはとても難しい……)

湊国王陛下がどんな方なのかを知りたいと聚夫人に頼んでみたけれど、国王らしくしている話しか聞けなかったのだ。

姉弟仲《きょうだい》がいいことはわかった。湊国王の話をしているときの聚夫人の表情はとても柔らかい。

(わたくしにも弟がいたら共通点が……ううん、ないものをねだっては駄目。今は少しずつ親しくなれるようにがんばりましょう!)

夜には、聚夫人を歓迎する宴を開いた。そこで莉杏は聚夫人に広元妃を紹介する。

「聚夫人、こちらは広道士で、先々皇帝陛下の三番目の皇后だった方です。今は道教院に入り、道士となっています」

「お初にお目にかかります。広道士と申します」

夜の歓迎の宴は、あえて女性のみの宴にしてみた。これは広元妃の提案だ。

——男性には聞かせられない愚痴《ぐち》もありますからね。

そして、できる限り年配の女官を聚夫人の近くに配置した。

これもまた、年若い人には言いにくい愚痴もあるはずだという広元妃の配慮だ。

「私は若いころ、様々な想いに囲まれておりました。先々皇帝陛下はとてもお優しい方でしたが、だからこそ皆がその寵愛《ちょうあい》を激しく争ってしまって……。私は、後宮での不祥事《ふしょうじ》の責任を取ることになったのです」

「まあ、それは大変だったたでしょう……!」

広元妃は、皇帝を呪ったという言いがかりをつけられてしまったという悲しい話を、後宮内の不祥事の責任を取って道士になったという話に言《い》い換《か》える。

それでも充分悲しい話なので、聚夫人は広元妃に同情していた。

「先々皇帝陛下のお慈悲《じひ》によって、私は罪を償う機会を得ることができました。それすらできなかった妃も多かったでしょう。後宮は寵愛《ちょうあい》を競い合う輝《かがや》かしいところですが、光が当たらないところはとても闇《やみ》深いのです」

聚夫人がちらりと莉杏を見る。今の後宮もそうなのかと気になっているのだ。

「今代の皇帝陛下の妃は、実は皇后陛下のみなのです。比翼連理の絆で結ばれている幸せそうなお二人を見ていると、こちらも幸せになれますわ」

「赤奏国の後宮が、皇后陛下お一人……⁉」

聚夫人の驚きの声に、莉杏はそうなのですと微笑んだ。

先々皇帝の後宮も、先の皇帝の後宮も、とても華やかだったと聞いている。きっと聚夫人もその話を聞いていただろう。

「まぁ、それはとても素晴らしいことですね……！」

どうやら聚夫人は、皇后以外の妃がいない後宮に好意をもってくれたようだ。にこにこと笑っていた。

「私も女官たちも、皇后陛下を支えるという後宮の本来あるべき形を保つことができて、本当に幸せ者です」

ていた。

「そうですねぇ、妃同士の争いとその仲裁《ちゅうさい》は、いつだって悩みの種ですもの」

身に覚えが……と聚夫人がため息をつく。皇后であった広元妃も、そうですともと頷い

「華やかさを競い合うのもいいけれど、もう少し……」

聚夫人は、はっとしたあと、慌てて微笑む。

広元妃はすぐに聚夫人の杯《さかずき》を酒で満たした。

「皇后陛下、そろそろお下がりになってください。もうお休みの時間ですから」

ここからは大人の時間なのだと、広元妃が莉杏にそっと退出を促《うなが》してくる。

「聚夫人、お先に失礼します。ゆっくり楽しんでくださいね」

「お気遣いありがとうございます」

広元妃は、視線で莉杏に「あとはお任せください」と告げてきた。

翌朝、聚夫人は外交の旅に戻るため、早々に出発した。

「次はゆっくりしたい」と言ってくれたので、莉杏はぜひお願いしますと答え、広元妃と一緒に笑顔で見送る。それから、広元妃と朝食を取った。

「昨夜の宴に参加してくださり、本当にありがとうございました。聚夫人がまたと言って

くれたのは、広道士のおかげです」

「ささやかではありますが、皇后陛下のお手伝いができてよかったです」

莉杏は広元妃のおかげで、外交やおもてなしというものを実践で学ぶことができた。

（わたくしが中心となっておもてなしをすることになっても、客人と直接会話をするのはわたくしではなくてもいい。客人にとって話しやすい人を傍に置いておくことは、とても大事なんだわ）

見た目が幼い莉杏を相手にすると、どうしても客人は酒を遠慮してしまう。そして、幼い少女に愚痴をこぼすわけにはいかないという気遣いもさせてしまう。

広元妃はそれをわかっていたから、聚夫人の話し相手を務めてくれたのだ。

（きっとわたくしには、広元妃のような方が必要なのね）

新しい課題が見えてきたことに、莉杏はわくわくしてきた。

「昨夜、聚夫人から溱国王陛下の後宮のお話を聞きました」

食後の茶を楽しみながら、広元妃は穏やかに昨夜の戦果を教えてくれた。

「かつて天庚国《てんこうこく》であった四つの国は、天庚国と同じように、華やかな後宮をもつことで国の豊かさを示しております。他の国の王も、後宮という形ではないかもしれませんが、複数の妃を迎えています。しかしながら、港蔵国は小さな島国ですので、慣例では王妃は一人のみなのだそうです」

『慣例では』なので、世継《よつ》ぎが生まれなかったとか、早々に王妃が亡くなってしまったとか、どうすることもできない事情があれば他の妃を迎えることもあったのだろう。

「溱国王陛下の代になってから、周りの国に負けないようにと、妃を複数お迎えになったそうですよ。それで溱国王陛下は様々な悩みを抱えているようですね」

「わたくしたちは、後宮の問題を当然のことだと受け止められますが……」

「はい。溱国王陛下は王妃殿下と仲がよいそうです。だからこそ、複数の妃のことで王妃殿下と意見が合わないときもあるようです。聚夫人はその仲裁をしていて、『見栄《みえ》を張るための妃なんて本当は本人も面倒《めんどう》に思っているのに……』とおっしゃっていました」

溱国王は、綺麗な女性をどうしても手に入れたいと思っているわけではない。

先の赤奏国皇帝との賭けごとの約束を果たせと催促《さいそく》してきたのも、見栄を張るためでしかないのだ。

「彩可には、『高望みすることなく、あちらの後宮で王妃さまにお仕えするような気持ちで過ごすように』と、皇后陛下から教えて差し上げてくださいませ」

「はい。色々ありがとうございました」

広元妃は、港敲国の後宮で寵愛を競い合っても不幸になるだけだと、彩可のこの先のことを心配してくれていた。

大事なことを聞き出してくれた広元妃に感謝したあと、莉杏はこれからのことを考える。

（陛下はいつだって皇帝らしくしようとしている。節約しなければならないところはするけれど、でも他の国に笑われないように、お金をかけるべきところはしっかりかけている。湊国王陛下もきっと同じ）

暁月は、後宮に他の妃を入れないのは金がないからだと言っていた。しかし、いつだって『皇后を大事にしているから』という理由に見えるようにしている。

これは、赤奏国の民が比翼連理の絆を大切にしているからできることなのだ。赤奏国だから、暁月の決断は好意的に受け止めてもらえる。このような背景がなければ、暁月は形だけでも立派な後宮を早々につくっただろう。

（わたくしたちは、彩可を輿入れさせたくない。湊国王陛下も、彩可の輿入れをできれば避けたい。……同じことを考えているのに、どうして『賭けごとはなかったことにしましょう』にできないのかしら）

できない理由はわかっている。外交は国同士の損得の話だ。

赤奏国から「賭けごとはなかったことにしましょう」と言い出したら、こちらは彩可の輿入れ以上のものを用意しなければならない。

港畝国から「賭けごとはなかったことにしましょう」と言い出したら、赤奏国に軽く見られる原因をつくってしまう。

「広道士は……、後宮で妃同士や女官同士の争いを仲裁した経験もありますよね」

「私は上手な仲裁ができませんでした。双方《そうほう》の顔を立てて丸く収めることは、とても大変ですから。家の事情……、政《まつりごと》も関わってきますし」

当時の苦労を思い出したという表情になった広元妃を、莉杏は大変でしたねと労《いた》わる。

(皇后でも、妃同士や女官同士の争いの仲裁は難しい。国同士の話の仲裁は、皇后であるわたくしにとっては難しいどころか無理……)

莉杏が考えこんでいると、広元妃が励《はげ》ましてくれた。

「女官同士の諍《いさか》いを収めるときは、どちらの言い分が正しいか正しくないかより、丸く収まるかどうかを気にしてくださいませ。どうしても譲《ゆず》れないものは、人によって違いますから」

「譲れないもの……」

「はい。私に子どもという大切な宝があるように、皆にもそれぞれの譲れないものがあるはずです」

家だったり、家族だったり、愛する人だったり……譲れないものは様々である。

港敲国の湊国王の譲れないものは国の威信《いしん》だろう。それは赤奏国も同じのはずだ。

茘枝城《れいしじょう》に帰ってきた莉杏《りあん》は、まず廃后たちの合同供養《くよう》の計画を進めた。

広《こう》道士によって睡蓮宮の怪異《かいい》が収まったという話を明煌《めいこう》にする。

元道士である明煌が広道士に興味をもち、話をしてみたいと言い出す。

明煌が広道士を茘枝城に招き、それをきっかけにして明煌と広同士が手紙でやりとりをするようになる。

このような流れを、上手くつくらなければならない。

莉杏は明煌に協力をお願いするため、早速皇太子の宮へ向かった。しかし、その途中《とちゅう》で知っている声が聞こえてきて、足を止める。

「貴方はこのようなことをしてもいいと、本気で思っているのか⁉　これは人を売っているようなものだ！」

「国のためならばしかたありません」

碧玲《へきれい》と海成《かいせい》の声だ。喧嘩《けんか》をしている……いや、喧嘩ではない。碧玲は怒っているけれど、海成は落ち着いている。

「そうやって、国のためならしかたないと言って、先の皇帝陛下の時代も先々皇帝陛下の時代も、皆が動かなかった。私もそうだった。そのようなことを二度と繰り返さないためにも、今度こそはおかしいと声を上げるべきだ！」

「今回の件は、一人の犠牲で国の体面というものが守れます。一人のために国を犠牲にしているわけではないんです」

「犠牲にされる者の気持ちを考えろ！　もっと他にできることがあるはずだろう！」

莉杏は、広元妃との会話を思い出す。

（正しいか正しくないかより、丸く収まることを考える……。海成にとっての譲れないものと、碧玲にとっての譲れないものは違う）

誰かに「皇后の前ですよ」と言ってもらい、二人の言い争いを強引に止めることはできるだろう。けれどもそれは、解決したことになるわけではない。

莉杏が二人から見えない位置でどうしようかとうろうろしていれば、うしろから肩《かた》を叩《たた》かれた。

「……双秋《そうしゅう》！」

双秋は黙って人差し指をくちに当てる。莉杏は慌ててくちを押さえた。

「喧嘩はあの二人に任せておきましょう」

「え……？」

「碧玲は皇后陛下のために怒ってくれているんです。碧玲はそういう役割です。だから皇后陛下は、それを見ているだけでいいんですよ」

莉杏は、逆に早く止めた方がいいのではと不安になってしまう。

けれども双秋はまあまあと笑った。

「勿論、海成殿のためでもありますけれどね。怒られた方が楽になれる、そんなときもありますから。碧玲はそこまで考えていないでしょうけれど」

莉杏は、隠れながら海成の表情をこっそり見てみる。

しかし、ここからでは角度が悪くて、よくわからなかった。

（……怒られた方が楽になれる。それはどんな気持ちなのかしら）

人の気持ちは、完璧《かんぺき》に理解できるものではない。けれども、まったく理解できないわけでもないのだ。

海成はきっと、自分の答えを好ましく思っていない。もしも海成が自分の答えを完璧で満足できるものだと思っていたら、怒られたいなんて考えもしないだろう。

「わたくし、海成に声をかけてきます。海成の譲れないものを大事にしたいんです」

碧玲は海成との噛み合わない会話に怒り、話にならないと立ち去っていった。

残された海成の元へ、莉杏は駆けよる。

「海成」

ゆっくり振り返った海成に、莉杏は皇后としての表情をつくる。

「溱《しん》国王陛下との賭けごとの一件、誰がなんと言おうと、しっかりやってくださいね」

海成が一度だけ瞬《まばた》きをする。莉杏の言葉がそれだけ意外だったのだろう。

「……しっかりでいいんですか？」

「はい。海成がしっかりやってくれるから、わたくしや碧玲は安心して他のことに集中できるのです」

海成は、港蔵国《こうこうこく》の溱国王の姉が睡蓮宮に招かれたことを知っているだろう。それは海成の答えに不満があってしたことではないのだと、海成にわかってほしい。

「今度、わたくしは女官長たちと宝物庫に行って、彩可《さいか》になにをもたせるかという相談をするのです。そちらは任せてくださいね」

莉杏の気持ちが海成に少し伝わったのか、海成は苦笑《くしょう》した。

「頼みます。俺は後宮に入れませんし、嫁入《よめい》り道具に詳しくありませんから」

本来なら、嫁入り道具選びは楽しい作業だ。しかし、今回はとても悲しい作業になってしまった。

(彩可は自分で選びたいかしら。それともそっとしておいてほしいかしら。どちらであっても、わたくしたちで彩可を支えないと)

皇后としてやるべきことはしっかりやろうと、莉杏は気合いを入れ直した。

明煌《めいこう》は皇太子の宮ではなく畑にいた。

莉杏《りあん》が話をしたいと頼めば、宮で少し待っていてくださいと言われる。

「もう外は寒いですから」

明煌はその寒空の中、畑仕事をしていた。それも道士の修行の一つらしい。道士たちは本当に大変だ。

冷たい水で手と顔を洗ってきた明煌は、ようやく暖められた部屋に入ってきた。

「実は、亡くなったと思われていた広《こう》道士が生きていて……」

莉杏は、これから先々皇帝の廃后たちを供養するためにきちんとした墓をつくりたいということと、そのためにはどうしたらいいのかの説明をしていった。

「わかりました。私は広道士と話をし、手紙で交流をしたあと、亡き広道士の遺志を継《つ》ぎたいと皇帝陛下に申し出たらいいんですね」

「はい。お願いできますか？」

「亡くなった方を悼《いた》むのは道士の勤めです。お任せください」

「ありがとうございます」

ここまでくると、合同供養に関して莉杏にやれることはほとんどなくなる。

あとは……と考え、まだ説明していなかった話があることに気づいた。

「今回、亡き廃后の幽霊が出るという噂をわざと流し、それらしい細工をしたのです。広道士が皆の前でそのような話を始めても、否定せずに労《いたわ》ってください」

「わかりました。……なんだか、少し前の後宮での偽《にせ》の幽霊騒動を思い出しますね」

「実はそれを参考にしたのです」

幽霊を見たことがない明煌は、幽霊の存在を信じていなかったけれど、女官たちを安心させたいという莉杏の頼みに応え、後宮内で経典の読誦をしてくれた。そして今回もまた、亡き廃后たちのために協力しようとしてくれている。

「広道士がきたらよろしくお願いしますね」

莉杏は明煌に丁寧に礼を述べたあと、後宮に向かった。今から彩可《さいか》の輿入れのときにもたせるものを選ばないといけないのだ。

後宮内の宝物庫に女官長たちと入った莉杏は、女官たちが勧《すす》めるものを眺《なが》めていく。

「この耳飾《みみかざ》りは彩可にとてもよく似合うと思います。揃いの宝石がついたこの首飾《くびかざ》りも一緒にいかがでしょうか」

「港敲国はこちらよりも暖かいので、涼《すず》しげな模様がついたお道具がいいと思いますわ」

莉杏が「素敵ですね」と言えば、それにしましょうという意味になる。

女官たちは莉杏の許可が出たものを、もってきた箱へ丁寧に移し替えていった。

「こちらの歩揺《ほよう》は……」

「……ああ、これは古い方の……。皇后陛下、失礼いたしました。古い目録をお渡ししてしまっていたようです」

女官長が新しい目録を用意するようにと慌てて女官に指示する。

「違うところがあったのですね。どこですか？」

「白の皇帝陛下から頂いた品々を追加しております。それと……こちらの壁画《へきが》ですね。光る仙女《せんにょ》の壁画は朱雀神獣廟《すざくしんじゅうびょう》で保管されていますが、後宮の宝物として管理していくことになりましたので、目録に追加しておきました」

新しい目録を受け取った莉杏は、追加されたところを念のために確認《かくにん》しておいた。

「皇后陛下、残りはお部屋に運びますね。ここは寒いですから」

大事なものを決めてしまえば、あとは細々したものをそれに合わせるだけだ。

莉杏は部屋に戻り、運ばれてくるものを眺めた。

とても美しくて華やかな品々は、見るだけでも楽しい。しかし、今はそんな気持ちになれないまま、皆に勧められたものに素敵ですねと頷いていく。

「そういえば、彩可はどうしていますか？」

「琵琶《びわ》の稽古《けいこ》をしているはずです。そろそろ終わりますよ」

彩可は、妃の教養を身につけるため、朝から晩まで忙しい。

彩可の先生となった女官たちは皆、彩可は物覚えが早いからどこに出しても恥《は》ずかしくない妃にすぐなれるだろうと喜んでいた。

「わたくし、彩可と話をしてきますね。お茶の用意を頼みます」

琵琶の稽古中ならば、仙花宮《せんかきゅう》にいるはずだ。莉杏が皇后の宮から仙花宮へ向かうと、その途中にある朱雀神獣廟の前に二人の女官が立っていた。

(彩可付きになった女官……よね?)

彩可はまだ女官という身分だけれど、世話をされる者としての立ち居振る舞《たいふま》いを身につけるため、既に女官をつけてある。

どうして彩可付きの二人がここに、と莉杏が不思議そうな顔をしていると、二人の女官が莉杏に気づき、丁寧に頭を下げた。

「わたくしは彩可へ会いにきたのですが、もしかして彩可は中にいますか?」

「はい。彩可はお参り中でございます」

二人は彩可が出てくるのを待っていたのだろう。莉杏は彩可の邪魔《じゃま》をしないように、そっと中に入る。

(……彩可はなにを祈っているのかしら)

彩可はなにも言わない。かつて女官として働いていたときと同じように、背筋を伸ばし、ひたすらやるべきことをやっている。

莉杏が彩可のうしろで、どうか皆が幸せになれますようにと祈っていると、彩可が振り返って驚きの声を上げた。

「……皇后陛下!」

「彩可、ときどきはゆっくりしないといけませんよ。わたくしとお茶をしましょう」

「ありがとうございます。ご一緒させてください」

莉杏は彩可と茶を楽しみながら、輿入れ以外の方法はないだろうかと考える。

しかしどれだけ考えても、名案は浮かんできてくれなかった。


莉杏《りあん》は庭園にある樹林亭《じゅりんてい》へやってきた。ここは茘枝城《れいしじょう》の中で、最も高い場所だ。

そこから彩可《さいか》がいる仙花宮の方を、海成《かいせい》がいる吏部《りぶ》の仕事部屋を、碧玲《へきれい》たちがいる禁軍《きんぐん》の営所の方角を眺めてみる。

「みんな、それぞれ譲れないものがある……」

海成の譲れないものは、この国のために最善の答えを出すことだ。

碧玲の譲れないものは、女性が自分の意思で生きていくことだ。

彩可にも譲れないものがあったはずだ。でも、この国のために譲ってくれた。

「朱雀神獣《すざくしんじゅう》さまならわかるのかしら……」

「さぁ、どうだろうねぇ」

「陛下！」

考えごとをしていたら、暁月《あかつき》がふらりと現れる。

「あんたさぁ、思《おも》い詰《つ》めた顔で高いところに行くのはやめなよ」

「高いところは駄目なのですか？」

「誤解されるんだよ。身投げするんじゃないかってね。……ここはまあ、運がよかったら生き残れるかもって高さだろうけれどさぁ」

「身投げ⁉」

莉杏は驚いてしまった。そんなつもりはまったくなかったのだ。

「わたくし、朱雀神獣さまの気持ちになってみたくて……」

「ああ、だから高いところにきたわけね。それで、なれたわけ？」

「なれませんでした。高いところからこの問題を見てみたら、なにかわかるかもしれないと思ったのですけれど……」

「朱雀神獣の視点って、そういうことじゃないだろうけれどねぇ」

暁月は外を見て、呆《あき》れたように笑う。

「落ちこんでいるどころか、やる気に満ちていてよかったよ。あんたってそういうところあるよな」

「陛下、落ちこんでいる暇なんてないのです。みんな、譲れないもののためにがんばっています。わたくしも皇后として、莉杏として、もっとがんばります！」

最後まで自己満足をしたい。そして、最後まで皇后として立派でありたい。

莉杏の決意を聞いた暁月は、莉杏の頭をぽんぽんと撫でてくれた。

「同時に近くと遠くを見るのは難しい。その切り替《きか》えをするために、ここにくるというのは悪くないかもな」

「近くと遠く……」

近くは、莉杏としてひとりひとりの気持ちによりそうこと。

遠くは、皇后として国のための決断をすること。

（……わたくしは当たり前のように思っていたけれど、『皇后として』はなぜ遠くから見ないといけないのかしら？　皇后も近くから見てもいいわよね？）

誰かの相談を皇后として受けているときは、『近く』である。

しかし、皇后としてなにかの決定をするときは『遠く』だ。

（意識していなかったけれど、陛下がおっしゃる通り、わたくしは切り替えをしているみたい）

莉杏は朱雀神獣の真似《まね》をすることで、高いところからこの問題を見ようとしていた。どうして高いところから見たかったのかというと、全体を捉《とら》えたかったからだ。

（国の決定をするときは、全体を見ておかないといけない。どこかで得をしても、どこかでとても損をするかもしれないから）

──外交というのは、先に結論があるんです。

港蔵国《こうこうこく》への妃の輿入れの一件も、結論が先にあった。

それは、『港蔵国と仲よくしていきたいから約束を守る』だ。

──正しいか正しくないかより、丸く収まるかどうかを気にしてくださいませ。

約束を守るときは、正しく守る必要はない。約束を守ったことにして丸く収めてしまってもいいのだ。

そう、約束を守れないのなら、別のものを用意するというのも手段の一つである。ただし、その場合はかなりのものを用意しなければならない。

(後宮で一番美しい妃の代わりになる『かなりのもの』はなにかしら)

赤奏国《せきそうこく》に金はない。相手が納得してくれそうな高価なものは、できれば用意したくないはずだ。領土の分割という話になってしまったら困る。

「陛下は、今の後宮で最も美しい妃は誰だと思いますか?」

「あんただろ。妃は皇后しかいない」

「女官も妃に入れてください!」

「女官の顔なんて、いちいち覚えていられるかよ。あんたは誰だと思っているわけ?」

「ええっと、わたくしはですね……」

後宮の女官は美しい人ばかりだ。

皇帝が今いる妃に満足できないときは、妃の代わりになれるようにと、女官試験のときに美しい人を選ぶようにしているからである。

その中から一番と言われると、どういう基準での一番にするかを迷う。

「綺麗と可愛《かわい》いの一番は違いますし……」

「好みも入るしな」

「あっ、陛下の好みを教えてください！　わたくし、陛下のお好みの女性になれるようがんばります！」

「あっそ。じゃあ仙女」

絶対に無理なところを暁月は指定してくる。

莉杏はどうやったら仙女になれるかを真剣《しんけん》に考えてしまった。

「わたくしは道士の修行をすべきでしょうか……！」

道士とは、仙人《せんにん》を目指して修行している者のことだ。

莉杏のまっすぐすぎる反応に、暁月は呆れてしまう。

「冗談《じょうだん》だよ。仙女は美しいってお約束があるけれど、道士には美しいってお約束はないんだよな。現実はそんなもんだろ」

物語の中に出てくる仙女や、様々なものに描かれている仙女は、若くて美しい。

しかし、仙女になるためには、長くて厳しい修行が必要だ。仙女になるころには、かなりの年齢になっている。

恋愛《れんあい》物語と同じように、物語はあくまでも物語でしかない。

「赤奏国に仙女さまはいらっしゃるでしょうか。いらっしゃるのなら見てみたいです！」

「物語の中にはいるだろうねぇ。……ま、本当にいたとしても、どっかに隠れているんじゃない？　普通に暮らしていたら、その美しさを見物しようとするやつが毎日押しよせてくるだろうよ。なにかの縁で会ってみたいと仙女に頼めたとしても、人間にうんざりしている仙女が人間の言うことに黙って従うわけないだろうし」

たしかに暁月の言う通りだ。

莉杏は、『赤奏国にいる美しい仙女で、人間の言うことに黙って従う』はさすがに夢を見すぎてしまったと反省し……、はっとした。

「赤奏国にいる仙女で、人間の言うことに黙って従う……」

いないはずの存在なのに、なぜか引っかかりを覚える。

どうしてだろうかと必死に考え、ここ最近『仙女』をどこで見聞きしたのかを思い出そうとした。

（……仙女、仙女……。ええっと）

記憶を少しずつたどっていくことで、ようやく思い出すことができる。

「陛下！　います！　わたくしの言うことを聞いてくれる仙女がいます！」

後宮で一番美しい妃の代わりになれる『かなりのもの』を、莉杏は探していた。もしかしたら、見つかるかもしれない。

「わたくし、女官長や海成に話をしてきます！」

莉杏は駆け出し、階段を一気に降りる。

残された暁月は、やれやれという顔をしてしまった。

「ま、好きにやってみろよ。なにかあったとき、最後の最後で丸く収めてやるのが、皇帝である俺の仕事ってやつなんだからさ」

莉杏は、暁月に出された問題をほとんど解いている。

あとはそれを自覚できるかどうかだ。


階段を降りきった莉杏は、まず海成のところへ向かった。

走らないようにしつつ、でも急いでいると、双秋《そうしゅう》と進勇《しんゆう》に会う。

「陛下とすれ違いにならなかったようですね」

双秋がよかったよかったと頷いている横で、進勇もなぜかほっとしていた。

莉杏はどういうことだろうかと首をかしげたあと、ようやく気づく。

暁月は『思い詰めた顔で高いところに行くのはやめなよ』と言っていた。ということは、誰かが莉杏を見て、暁月へ声をかけにいってくれたのだ。

その誰かというのは——……きっと、双秋と進勇なのだろう。

「陛下とお話をしたら元気が出ました！」

「皇后陛下がお元気だと、我々も嬉しいです」

進勇の言葉に、莉杏は微笑む。

「双秋と進勇の心配も嬉しいです。ありがとう」

「いえいえ。俺たちはこれぐらいのことでしかお役に立てませんから」

双秋が苦笑すると、進勇がそうですすと同意する。

「皇帝陛下からの問題であれだけご助力を頂いておきながら、皇后陛下のお悩みの助けになることができず、本当に申し訳ないです」

莉杏からすると、双秋の問題も進勇の問題も積極的に手伝ったつもりはない。

それでも、二人は莉杏になにかしたいと思ってくれたのだ。

（碧玲にとって、彩可《さいか》は自分と同じで犠牲になってしまう女性だった。でも、進勇と双秋にとっては、よく知らない女官でしかない。彩可に対して気の毒だと思って終わりにしてもいいのに、この問題を気にかけてくれていた……）

自分に関わる問題は、一歩引いて見ることが難しい。

そんなときは、誰かに頼ってもいいのかもしれない。

（わたくしには多くの相談相手がいる。問題に関係のない人へ相談することも、一つの方法のはず）

次からは、問題に近い人と遠い人、その違いをもっと意識してみよう。

「双秋、進勇、わたくしにはやりたいことがあるのです。手伝ってくれませんか？」

莉杏の言葉に、二人とも頷いた。

「ご命令でも、お願いでも、どちらでも返事は『勿論』ですよ」

「皇后陛下の手伝いができて光栄です」

これから、莉杏は彩可の輿入れの準備で忙しくなる。

そんな中、自己満足のための作業を手伝ってくれることになった武官が二人もいてくれて、本当に心強い。

莉杏は双秋たちと別れたあと、海成と女官長、碧玲のところへ行き、大切な話をした。あとは礼部《れいぶ》にも手伝いを頼んで……と予定を立てていたとき、大事なことに気づく。

「……彩可のお迎えは溱《しん》国王陛下でなければならないし、溱国王陛下にはこちらまできてもらわないといけないわ」

外交の季節で忙しくしている相手に、そこまで頼めるものなのだろうか。

そして、そのお願いをするのは莉杏では駄目だ。公的な文書を赤奏国の皇帝名義で出す必要がある。

（よし……！）

皇后として、皇帝にお願いをするしかない。莉杏はそう決め、暁月の執務室《しつむしつ》に向かう。

見張りの兵士に取り次ぎを頼み、暁月の許可をもらって中に入り、用件を伝えた。

「伍彩可《ご》の輿入れの件ですが、できれば湊国王陛下に彩可を赤奏国まで迎えにきて頂きたいと思っています」

莉杏は、暁月から「なんで？」と訊《き》かれたときの答えを頭の中で用意する。

しかし、暁月はその言葉を言わなかった。

「今からか。時間がないな」

数年に一度あるいつもの訪問であれば、前回の記録通りに動けばとりあえず問題はない。

しかし、記録にない新しいことをするときは、準備に時間がとてもかかる。

（やっぱり難しいみたい……）

赤奏国内でという条件を外すことならできるけれど、湊国王に直接妃を引き渡すことだけはどうしても譲れなかった。

「禁軍《きんぐん》中央将軍、海成、礼部尚書《れいぶしょうしょ》と礼部の有能なやつを五人ほど連れてこい。あと、港敲語ができるやつも探してこい。親書用の紙をここへ。どれも急ぎだ」

暁月は従者にそう命じ、紙に文字を書き始める。

従者が出ていったあと、三十を数えないうちに礼部尚書が現れ、そのすぐあとに礼部の文官が六人ほど入ってきた。

「溱国王宛《あて》の親書の草案を今すぐつくれ。約束のものを用意したから取りにきてほしいという内容だ。朱雀神獣に結婚の報告をするから、朱雀神獣廟の前で引き渡したいと言えば、納得するだろう」

暁月はまず礼部尚書にそう命じ、書いた紙を渡す。

礼部尚書は隣《となり》にいた青年文官にその紙を渡し、「今すぐ」と背中を押した。

青年文官が出ていった直後、海成が入ってくる。暁月は海成に「少し待て」と視線だけで命じた。

「溱国王が立ちよった街の中で、南方の国境に近く、大きな朱雀神獣廟があるところはどこだ？　これも急げ」

「御意《ぎょい》」

礼部尚書は「地図と資料をもってこい」と残りの五人に命じる。

彼らが慌てて出ていくと、入れ替わるようにして禁軍中央将軍の布弦祥《ふげんしょう》が入ってきた。

「失礼します。急ぎの召集《しょうしゅう》だと聞きましたが……」

「そうだ。港敲国の溱国王宛の親書をもたせる使者の準備をしておけ。すぐに出発だ」

「御意。準備が終わりましたら報告に参ります」

弦祥は暁月の意図を読み取り、なぜと尋ねるのではなく、急ぐことを優先する。弦祥が部屋から出ていくと、資料をもった礼部の文官が戻ってきた。

その間に、泉永《せんえい》が暁月の卓の上にある書類を別の卓に移していく。

「失礼します。これが地図でして……」

礼部の文官が、なにも置かれていない暁月の卓の上に地図を広げた。

泉永が紙と筆をもち、暁月の傍に立つ。

「海成、港蔵国の王族が使う道はどれだ？」

「毎年この道を使い、この街を通ります。こちらの道も使ったことがあります」

「泉永、書き留めておけ。その中で大きな朱雀神獣廟がある街は？」

「こちらは大きいですが、かなり古いものですね。……こちらはよく手入れされているはずです。ここの朱雀神獣廟は街外れにあります」

海成は『湊国王との約束を守れ』という問題を渡されてから、港蔵国や湊国王に関する記録と資料を全部読んで覚えたのだろう。礼部の文官が記録や資料をもってきてくれていたけれど、それを見ることなく暁月の質問に迷わず答えていった。

（すごい……！）

泉永が海成の言葉を紙に書き記し、暁月の前にそっと置く。

「――莉杏、どれがいい？」

暁月の問いに、莉杏は慌ててくちを開いた。

「朱雀神獣廟が街外れにあるところです！」

「草蔡《そうさい》だな。礼部尚書、伍《ご》彩可は草蔡の街で引き渡す。溱国王一行のための宿の手配と歓迎の準備だ。前の通りでいい。計画書をつくったらもってこい」

「御意」

晩月が指示を出している間に、礼部の文官が戻ってきた。

「草稿《そうこう》ができました。皇帝陛下、ご確認ください」

本来なら、親書の草案は礼部尚書によって確認され、それから皇帝へと渡されるものである。けれども、今回は皇帝から「今すぐ」と言われた仕事だ。できあがった草案を真っ先に渡す相手は、皇帝でなければならない。

この時と場合に応じた判断ができる者を、晩月は『できるやつ』と評価していた。

（あ、この礼部の文官の名前は……ええっと、『嘉史遠《かしえん》』だわ）

晩月に求められていることを当たり前のようにした青年文官は、嘉家出身だ。これができるから、見どころがあると晩月に言われたのだろう。

「史遠、もう少し強気に出ろ。珀陽《はくよう》のことを匂わせておけ。……そうだな、この時期にしか食べられないめでたい菓子《かし》を用意したからこい、と。珀陽も気に入っている菓子だって書いておけば充分だろう」

この時季にしか食べられないめでたい菓子とは、雪柱《ゆきばしら》のことだ。繊細《せんさい》な菓子で、湿気《しっけ》が多かったり暑かったりすると、すぐにとろけてしまう。冬にしかつくられていない。

「皇帝陛下、港蔵語を話せる者を連れてまいりました」

暁月の従者が、とある文官を連れてくる。

この文官は突然の呼び出しに驚いていて、なにがあったのかと不安そうな顔をしていた。

「おい、親書ができ次第《しだい》、港蔵国に出発してもらうからな。親書の返事を必ずもらってこい。『その通りにします』以外の返事は拒否《きょひ》だ。急いで旅の準備をしろ」

「御意」

港蔵語を話せる文官は慌てて出ていった。今から官舎に戻り、旅の支度《したく》をするのだろう。

「陛下、武官の選定と馬車と馬の準備が終わりました」

弦祥が戻ってきて、いつでも行けることを報告する。

「港蔵語ができる文官を一人乗せる。そいつが戻ってきたら出発だ」

「陛下、草稿の第二稿です」

「……よし。泉永、筆と紙」

暁月は第二稿を見ながら、筆をさらさらと動かし、書き写していく。

「礼部尚書、確認しろ」

「はっ！」

礼部尚書は親書に誤字脱字《だつじ》がないかの最終確認をし、恭《うやうや》しく暁月に「確認いたしました」と返した。

あとは――……港蔵語を話せる文官が戻ってきたら出発である。

（えぇっ⁉　もう終わり⁉）

莉杏が驚いている間に、皆は『終わった終わった』という顔で元の作業に戻っていく。

莉杏はまだそれについていけない。ぽかんとしてしまう。

するとと、暁月がにやりと笑った。


「――あんたの夫は、仕事ができるんだよ」


莉杏は息を呑《の》む。頰《ほお》を赤くし、大きな瞳《ひとみ》をさらに大きくしてきらきらと輝かせた。

（……わたくしの陛下、すごい！　格っ好いい〜〜〜〜〜‼）

茘枝城を駆け回り、みんなにこのことを教えたい。

どれだけ格好よかったのかを、最初から最後まで伝えたい。わかってほしい。

しかし、感情のままに駆け回るのは皇后らしくないとわかっているので、この話をするのは碧玲だけにしておこう。

碧玲は、莉杏からどれだけ暁月の格好よさを語られても「私にも好みというものがありますから……」と言ってくれる人なので、暁月を好きになってしまう心配をしなくてもいいのだ。

（どうしよう、わたくしは陛下のことが好き、大好き……!!）

自分は、世界で一番格好いい人と結婚している。

毎日そのことを幸せに思っていたのだけれど、今日もまた幸せになってしまった。

暁月をうっとりと見上げている莉杏に、暁月は「当然だろ」という顔をする。

そんな暁月のうしろで、泉永はぼそっと呟いた。

「……やっと頼っていただけましたね」

すべてわかっていますよという穏やかな泉永の声に、暁月は苛《いら》つく。うるせぇ、という意味をこめて机の脚《あし》を蹴《け》った。

翠碧玲《すいへきれい》は、女性でありながら武官になったという『変わり者』である。

しかし、碧玲本人は、それ以外のところは普通の女性の感覚をもっているつもりだった。

女性として着飾ることも二年に一度ぐらいであれば楽しめるし、同僚の女性武官と恋の話をすることだって年に一度ぐらいはある。

「碧玲！　聞いてください！」

皇后の莉杏《りあん》が駆けよってきたとき、碧玲は緊急事態なのかと身構えた。けれども、莉杏が嬉しそうな顔をしているので警戒《けいかい》を解く。

「どうかしましたか？」

碧玲の質問に、莉杏は頰《ほお》を染めて勢《いきお》いよく答えた。

「陛下が格好よかったのです！」

莉杏の必死の訴《うった》えに、碧玲は困惑することしかできない。

(皇帝陛下が、格好いい……？)

碧玲にとっての暁《あかつき》月は、今でこそ皇帝だけれど、かつては年下の皇子《おうじ》で親戚《しんせき》というものでしかなかった。

暁月は人を苛つかせることが得意で、進勇《しんゆう》がよく被害に遭《あ》っていて、碧玲は暁月に近寄らないよういつだって気をつけていたのだ。

(顔が格好いいというのなら……いや、やっぱり私にはよくわからないな)

暁月はいつだって、路地裏をうろついていて善人から金品を巻き上げている連中を追い払えそうな悪い顔をしている。

(にっこり笑えば……駄目だ。一度もそんな顔を見たことがない)

想像することもできなかった。想像のための材料が足りないのだ。
（顔と表情は諦めよう。誠実な話し方をさせたら……）
この仕事を任せてもいいか？　と穏やかに語りかけてくる暁月を思い浮かべようとし
……、頭痛を感じてしまった。顔と発言がまったく一致《いっち》しなくて、妖物が暁月に化けてし
まったとしか思えなかったのだ。
「……それは、よかったですね」
「はい！　もう、碧玲にも見せてあげたかったです！」
碧玲はとても真面目なので、皇后の言葉をあまり強く否定してはならないと、自分にそ
う言い聞かせる。
「ええっと、私ではなく、後宮の女官たちに見てもらった方が……」
暁月が格好いいという話は、ぜひそちらでお願いします。
碧玲が遠回しな提案をすると、莉杏は首を横に振った。
「格好いい陛下を見たら、女官たちが陛下を好きになってしまいます……！」
「そう、でしょうか……？」
「後宮はそうであるべきなのです。ですが、わたくしはまだ十三歳です。女官たちが本気
を出したら勝てません！　いい勝負ができるようになるまでは、陛下の魅力はあまり知ら
れたくないのです……！」

双秋《そうしゅう》だったら、恋の悩みは難しいですね～と、どうでもいいという気持ちを隠さない返事をしただろう。しかし、ここにいるのは碧玲だ。真面目に考えてしまう。

（後宮の女官は、陛下を格好いいと思っているのか……？）

女官たちが暁月を見て悲鳴を上げる……という光景を想像したあと、別の意味で納得してしまった。誰だって暁月に絡まれたくない。絡まれてしまったら、運が悪かったと自分を慰《なぐさ》めるしかないのだ。

「ですが、碧玲は別です。碧玲は以前、陛下は自分の好みではないと言っていたので、わたくしは安心して格好いい陛下のお話ができます！」

碧玲は、白楼国《はくろうこく》にいる皓茉莉花《こうまつりか》という名の女性文官に、男の好みというものについての相談をしたくなってしまった。

彼女は碧玲と同じく、暁月を格好いいと思えなかった女性である。茉莉花は暁月の皇帝らしい強引な言動を見たときに、なんともいえない表情になっていた。

（茉莉花殿《どの》がまた赤奏国《せきそうこく》にきてくれたら、絶対に挨拶《あいさつ》をしにいこう）

年に一度ぐらいなら恋の話もやはり悪くはないな、と碧玲は思った。

彩可《さいか》の輿入れの準備は、順調に進んでいった。

港敲国《こうこうこく》の溱国王《しんこくおう》が赤奏国《せきそうこく》の南方にある大きな街『草蔡《そうさい》』まで迎えにきてくれることになったため、後宮の主である莉杏《りあん》が彩可をそこまで連れていくことにした。

（溱国王陛下がどう思うのかで、すべてが決まる……！）

莉杏たちは色々な準備をしてきた。

彩可が無事に輿入れできるよう、礼部《れいぶ》の文官たちが過去の事例を調べ、相手が満足するような計画を立ててくれた。

海成《かいせい》は溱国王の機嫌《きげん》を損ねたときに備え、港敲語を急いで学び、ある程度なら話せるようにしてくれた。

彩可は『後宮で一番美しい妃』のための勉強をずっとがんばってくれていた。今はもう、高貴な家で生まれ育った女性だと誰だって思うだろう。

碧玲《へきれい》はこの旅の最中、彩可になにかあってはいけないと、ずっと傍で彩可を守っていた。

進勇《しんゆう》は翠家《すいけ》の代表として、彩可についてきくれた。

「分不相応のお役目ですが、皇后陛下のお役に立てるのであれば」

母親がわりにと、広元妃《こうげんひ》もきてくれた。港敲国側の出迎《でむか》えの中に聚《じゅ》夫人の名前もあったので、その話し相手になってくれるつもりなのだろう。

「溱国王陛下との待ち合わせは夜……ですか？」

草蔡の街の宿に着いたあと、莉杏は彩可にこれからの予定を説明する。

「はい。少し事情があって、夜に話をしなければならないのです」

それまでに同行している女官たちが彩可と莉杏の支度を急いですませてくれた。

待ち合わせの場所は朱雀神獣廟《すざくしんじゅうびょう》だ。街の外れにあるため、街の灯《あか》りは届かない。代わりに、武官たちが松明《たいまつ》をもって明るくしてくれている。

上を見れば、澄《す》んだ夜空に星々が輝いていた。細い月も柔《やわ》らかな光を放っている。

赤奏国の南端《なんたん》に近い場所である草蔡の街は、茘枝城《れいしじょう》にいるときほどの寒さは感じない。夜でも上着さえあれば肌寒《はだざむ》いぐらいですむ。これなら南国の王の機嫌もそう悪くはならないだろう。

「皇后陛下、見送りにきてくださってありがとうございます」

いよいよというときに、彩可は静かにくちを開いた。

莉杏は穏やかに微笑み、彩可の覚悟を受け止める。

「彩可の輿入れですもの。わたくしが見送りたいと思ったのです」

松明の灯りに照らされている彩可は、とても美しい。

そしてこれから、豪華《ごうか》な品々と共に異国の王へ嫁《とつ》ぐ。

物語であれば、ここは一番の見せ場だ。とても感動する場面になるのだろう。

しかし、現実は悲しみに満ちていて、そして誰もが悲しみながらもそれを表へ出さないように気をつけている。

「港蔵国の溱国王陛下がいらっしゃいました」

武官が溱国王の到着を知らせる。

莉杏は深呼吸をしたあと、この場に皇后の声を響《ひび》かせた。

「皆さん、予定通りにお願いします。彩可、貴女はわたくしに呼ばれるまで贈《おく》りもののうしろに隠れていてくださいね」

朱雀神獣廟には、彩可のための輿入れ道具も運びこんである。

彩可は大きな包みのうしろに回りこみ、そこでゆっくり息を吐いた。

「溱国王陛下、ようこそおいでくださいました。わたくしは赤奏国の皇后、莉杏です。お眼にかかることができて本当に嬉しいです」

溱国王は赤奏国の幼い皇后の話を聞いていたのだろう。皇后と名乗った莉杏に驚くことはなく、莉杏を異国の皇后としてきちんと扱ってくれた。

「聡明《そうめい》と名高い赤奏国の皇后殿には、一度会ってみたいと思っていた。……美しさのあまり光り輝いて見える美姫《びき》を用意したと書状に書かれていたから、とても楽しみだ」

溱国王は赤奏語を話せないので、莉杏との会話は通訳を通じてのものになる。

今のところ、溱国王の機嫌はとてもよさそうだ。

（この機嫌が最後までもってくれますように……！）

莉杏の緊張《きんちょう》が高まっていく。必死に皇后としての笑顔を保っていると、湊国王のうしろに聚夫人の姿が見えた。

彼女は莉杏の視線に気づき、親しげに微笑んでくれる。

その笑顔のおかげで、莉杏はほんの少しだけ安心できた。

(あのとき、睡蓮宮にきてくださって本当にありがとうございました)

色々な人に支えられたから、莉杏はここで大勝負をすることができる。

ならば自分もできる限りのことをして、この勝負に勝とう。


「我が皇帝陛下の後宮の一番美しい妃でございます」


莉杏は、黒い布を掲《かか》げている女官たちに眼で合図をする。

女官たちは頷き合ったあと、その布をひっぱった。

ふわりと布が膨《ふく》らみ、ゆっくり取《と》り払《はら》われていく。

布があったところに現れたのは――……『ただの石』。

港鬷国側は、なんの変哲《へんてつ》もない石壁《いしかべ》のどこに妃がいるのかと、視線をあちこちに動かしたのだけれど、どこにも人は隠れていない。

灯りをもつ者たちが複数いて、石を煌々《こうこう》と照らしているため、見間違《みまちが》えることはないはずだ。

「これは……？」

港蔵国の人々から戸惑《とまど》うような声が聞こえてくる。

莉杏は、灯りをもつ武官たちに合図を出した。

「今宵《こよい》の月明かりは頼りないですが、一番美しい妃の鑑賞《かんしょう》には相応《ふさわ》しいでしょう」

莉杏がそう告げれば、武官たちは灯りを次々に消していく。

明るさに慣れていた眼は、突然の暗闇《くらやみ》に驚いてしまった。しかし、暗さに慣れていけばぼんやりとした輝きを認識《にんしき》できるようになる。

「……天庚国《てんこうこく》の皇帝陛下が仙女の輝きを表現するために、貴重な染料《せんりょう》を使って描かせた仙女の壁画です。我が後宮の宝でございます」

闇の中で浮かび上がる仙女の絵に、溱国王も聚夫人も驚いていた。

莉杏は、どきどきしながら溱国王の反応を見守る。

用意したのは、後宮で保管されていた貴重な壁画。描かれているのは美しい仙女で、たしかに『後宮で一番美しい』けれど、美しい女性そのものではない。

溱国王に面白《おもしろ》い冗談だと笑い飛ばされてしまえば、不興を買ってしまえば、では改めて彩可を……と言わなければならないのだ。

（どう思っているのかしら……！）

莉杏は不安でしかたない。湊国王のことをほとんどわからない状態で動き続けてきた。湊国王について知っていることといえば、記録から読み取れた情報と、皆の記憶と、聚夫人から聞いた話だけである。

「まあ、なんと美しい……!」


この重苦しい沈黙《ちんもく》を破ったのは、聚夫人の声だ。

聚夫人は壁画に近づき、仙女の姿をじっくりと眺めた。

「たしかに一番美しい妃ね。仙女の美しさに敵《かな》う者はいないわ」

湊国王が驚いたように聚夫人を見る。湊国王の瞳は、なにを言っているんだと咎《とが》めているようにも感じられた。

「この美しい仙女は、国王陛下の妃たちとも上手くやっていけるでしょう。夜にしか姿を現さない、随分《ずいぶん》と奥ゆかしい方のようだから」

聚夫人の言葉には、ほんの少し棘《とげ》がある。彼女は湊国王からなにかを言われる前に、広元妃に話しかけた。

「広道士、ありがとうございます。私の『できれば皆と仲よくしてくれる方にきていただけたら嬉しい』という希望に応えてくださったのね」

莉杏は、そんな話を聞いていない。きっとこれは、聚夫人の結論『新しい妃なんていらない。この壁画をもち帰って終わりにしたい』にもっていくために、聚夫人が今とっさについた嘘だろう。

「ご希望に沿えることができて本当によかったです。気に入ってくださるか、ずっと皇后陛下と共に心配していました」

広元妃もまた、聚夫人の結論にもっていきたくて嘘をついた。

莉杏は、その嘘を真実にするために微笑む。

「陛下と共に眺めた思い出の仙女を送り出すのはとても寂《さび》しいのですが……、港厳国でもきっと素敵な思い出を生み出してくれるでしょう」

莉杏の言葉に、聚夫人が頷いた。

「ええ、とても楽しみですわ」

三人の女性による即興劇《そっきょうげき》は、即興とは思えないほど上手く進んでいく。

(さあ、どうなるかしら……！)

湊国王は、ふざけるなと叫ぶか、面白いと喜ぶか、どちらにするか迷っているはずだ。

——赤奏国から妃をもらい受けても、今いる妃たちの争いの火種になるし、金もかかる。本当に妃がほしいわけではないけれど、国の体面を守るために、意地を張らなくてはならない。

　そんな溱国王の迷いを理解していた聚夫人は、港蔵国にとって最高の選択《せんたく》ができるように、港蔵国側のわがままに赤奏国側が応えたという形にしてくれたのだ。

「……美しい仙女だ。赤奏国の先の皇帝殿は意地が悪い。このような美姫を後宮に隠していたとは」

　そして、溱国王もまた、聚夫人の気持ちを受け止め、丸く収めようという提案へ頷くことにした。

「このような美姫をもらい受けることができて嬉しく思う」

　皆が望む結論に、皆でついにたどり着いた。

　莉杏は飛び跳《と》《は》ねながら喜びたいのをぐっと我慢する。

「溱国王陛下、どうかこの妃を大事にしてくださいませ。我が国の宝ですから」

　莉杏は手を叩き、控えていた女官たちをうしろに並ばせる。

「こちらが嫁入り道具となります。お妃方と共に楽しんでください」

　彩可のために選んだ煌《きら》びやかな宝物を見せ、壁画のみを渡すのではなく、輿入れの形をきちんと整えてきたことを示す。

　そして、妃方と共にと言うことで、これは妃への土産物だということも伝えた。

新しい妃を迎えることになった湊国王の妃たちも、新しい妃が実は仙女の壁画で、この宝物を土産として渡されたら、機嫌を直してくれるだろう。

「赤奏国とはこれからも仲よくしていきたい。皇帝殿によろしく伝えてくれ」

――港蔵国の湊国王とその妃のために、赤奏国が様々な配慮をした。

先の皇帝と湊国王の賭けごとの着地点は色々あったけれど、その中でも赤奏国にとって一番いいものにできた。

外交とは、国同士の損得の話である。

莉杏たちは、彩可を輿入れさせることにためらいがないというふりをしながら、必死に彩可を犠牲にしない方法を考えていた。この結論は、莉杏たちにとってとてもありがたいものなのだけれど、今はまだ本心を見せてはいけない。

（赤奏国が恩を売ったような形で終わらせないと……！）

はらはらしつつ、みんなで港蔵国が得するようにしたという顔をしておく。

「夜も遅《おそ》いですし、あとの話はまた明日にしましょう。この壁画は丁寧に包み、馬車に載せておきますね」

冬の夜空の下、立ったまま話し続けるわけにはいかないので、莉杏は一度ここでお開きにしませんかと提案する。

湊国王は、「また明日」と穏やかな表情で頷いてくれた。

そのとき、ようやく莉杏はほっとすることができた。

「……彩可！」

莉杏は、溱国王たちを見送ったあと、壁画のうしろでずっと待機していた彩可の元へ駆けつけた。

彩可はうずくまっていた。そして肩を震わせていた。

「皇后陛下……！」

「大丈夫ですよ。溱国王陛下は納得してくれました。輿入れするのは彩可ではなく、この壁画です」

「私は、どうお礼を申したらいいのか……！」

彩可の涙まじりの声に、莉杏は首を横に振る。

「無理をお願いしたのはわたくしたちです。彩可はそれを受け入れてくれた側です。お礼を言うのはわたくしの方です。ここまでがんばってくれて本当にありがとう」

彩可には「もしかしたらなんとかなるかもしれない」とは言えなかった。

莉杏の『仙女の壁画を輿入れさせる』という提案を、溱国王が受け入れるかどうか、最後の最後までわからなかったのだ。

もし受け入れられなければ、莉杏は「本物の妃はこちらに」と彩可を差し出さなければならなかった。

そして、溱国王を怒らせるという最悪の展開もありえたのだ。

（溱国王陛下を怒らせたときに備えて、海成が色々なだめ方を用意してくれた）

溱国王がなにを好み、なにに弱いのか。

これまでの礼部の記録から、海成は機嫌をとれるおもてなしの仕方というものを、ずっと考えていてくれた。港蔵語も急いで勉強し、なにかあったらその場で言い訳できるようにもしてくれた。

「私は、本当に皇后陛下のお役に立てたらと思っていたのです。店をもつ夢は、皇后陛下に授《さず》けてもらえたものでしたから……！　ほんの一時だとしても、夢を叶《かな》える努力を純粋《じゅんすい》にできたことを誇りに思おうと……！」

彩可は涙をぬぐいながら何度も頭を下げてくる。

「わたくしは彩可の夢を応援したかったのです。彩可がお店をもち、その刺繍が評判になり、後宮に納める日をずっと楽しみにしていました」

「……ありがとうございます！　このご恩は絶対に忘れません！」

莉杏のどう転ぶかわからない計画に賛同し、どうなっても大丈夫なように力を尽くしてくれた者たちもまた、彩可に喜びの声を伝えた。

「貴女がこの国に残れることになって嬉しい。本当によかった」

碧玲はずっと彩可のために怒ってくれていた。彩可もきっと碧玲にずっと励まされてきただろう。

二人が抱き合う姿を見て、莉杏は胸を熱くする。

そして、同じ気持ちになっているはずの海成に声をかけた。

「わたくしの自己満足のお手伝いをしてくれてありがとう」

莉杏が礼を言うと、海成は穏やかに笑う。

「皇后陛下のお手伝いは、俺の自己満足ですよ。最後まで俺の自己満足につきあってくださってありがとうございます」

ここにいる者たちの誰もが、この結果を喜んでいる。

女官も、文官も武官も、彩可本人も、そして港畝国側も、一番いい終わり方ができたと思っているだろう。

莉杏は、皇后として、莉杏として、本当によかったと胸をなで下ろした。

「皇后陛下、とても素晴らしい采配《さいはい》でしたわ。潘《はん》元妃もお喜びになっているでしょう」

広元妃もまた、悲しい出来事が繰り返されなかったことにほっとしていた。

彼女は布で包まれたものを胸に抱いている。布の中にあるものは、罪に問われて亡くなった廃后たちの名前が記された木簡だ。

莉杏は、道士のふりは一時的なものでいいと言ったのだけれど、広元妃は『自分が死んだことになるまでは、彼女たちに祈りを捧《ささ》げたい』と言い、ずっともってくれていた。

「これは『皇后』にしかできないことでございます。皇后陛下、本当にお見事でした」

広元妃から絶賛され、莉杏はそうだろうかと首をかしげる。

海成なら、このぐらいのことは考えていただろう。しかし、この作戦が成功するかどうかまったく確信がもてないから、思いついていてもなにも言わなかったのだ。

失敗しても誰にも責められない莉杏が言い出したことには、たしかに意味があったかもしれないので、一応は納得する。

海成は莉杏の「海成ならできましたよね」という視線に気づいたのか、肩をすくめた。

「俺にはできませんよ。上手く丸く収めるというのは、上の人にしかできないことですからね。皇后陛下がしてくれたことだから聚夫人は感謝し、貴女がしたことだから湊国王陛下が納得したんです」

「海成の提案でわたくしが動いても、結果は同じになると思いますよ？」

「丸く収める方法に少し違いが出るんです。俺がやれば、向こうの顔を立てつつも『湊国王を騙《だま》してやった』みたいな方向にもっていくでしょう。でも、皇后陛下のお立場なら、湊国王陛下のお気持ちにも自然とよりそえますので、本当の意味であちこちの顔を立てつつ丸く収めることができるんですよ。こちらが一方的に『やってやったぜ』という気持ちでいると、その感じの悪さがなんとなく相手に伝わってしまうものなんですよね」

海成に『仙女の壁画を彩可の代わりにしましょう』と提案され、それに従って莉杏が動いていたら、たしかに少しだけ展開が変わっていたかもしれない。

莉杏が海成に頼まれて聚夫人を睡蓮宮に招いていたら、広元妃はその茶会に同席しなかっただろう。

莉杏の判断で聚夫人を招き、莉杏がこれでいいのかと不安になっていたから、広元妃は手を貸してくれたのだ。

(もし広元妃がいなかったら……)

海成に手伝ってもらって、聚夫人から溱国王の後宮の話を上手く聞き出せたとしても、広元妃がいなかったら、莉杏と聚夫人はここまで親しくなれなかっただろう。

親しくなっていたから、聚夫人は『向こうの配慮をありがたく受け入れましょう』と言ってくれたのだ。

(わたくし、わかった気がする……!)

暁月《あかつき》が相談されることに慣れろと言った理由と、その先にあるもの。

今回は必死になっていたら、偶然そこにたどり着けた。けれども、これからは必ずたどり着かなければならない。

(陛下に早く会いたい……!)

莉杏は今すぐ暁月に飛びつきたくなった。

——みんなの顔を立てて、丸く収めることができました！　それから、みんなの中で最後になってしまったのですけれど、わたくしも陛下の問題が解けました！

莉杏がそう言えば、暁月は「ふ～ん」とどうでもよさそうな声を出すだろう。

しかし金色の瞳はしっかりと莉杏に向けられていて、それでいいと満足そうにしてくれるはずだ。

終章

莉杏《りあん》たちは、行きとは違《ちが》って明るい雰囲気《ふんいき》に包まれながら茘枝城《れいしじょう》へ帰る。

茘枝城に着くと、武官《ぶかん》や礼部《れいぶ》の文官《ぶんかん》が皇帝《こうてい》と礼部尚書《れいぶしょうしょ》のところへ報告に行き、そして女官《にょかん》が女官長へ報告に向かった。

「彩可《さいか》、色々終わるまでは後宮《こうきゅう》でゆっくりしてくださいね。お疲《つか》れさまでした」

「ありがとうございます。後宮にいる間、私にできることがあればなんなりとお申しつけください」

ゆっくりしてもいいと言ったのに、この様子ではすぐに着替《きが》えて他の女官たちと共に働き始めそうだ。

しかし、生き生きとしてやる気に満ちあふれている彩可を止めるよりも、好きにさせた方がいいだろう。

莉杏は広元妃《こうもとひ》に礼を言い、進勇《しんゆう》へ送っていくようにと指示を出す。

それから後宮で、茘枝城を離《はな》れていた間の報告を女官長から受け、頷《うなず》いたり、もう少し考え直しましょうと言ったりして、皇后《こうごう》の仕事に励《はげ》んだ。

やらなければならないことをしているだけなのに、あっという間に夜がくる。莉杏は窓を開け、今夜の天気を確認《かくにん》した。

「風がないから、そこまで寒くないわ」

これはいけるぞとわくわくしながら暁月《あかつき》を待つ。

昼間は忙《いそが》しかったから気にならなかったけれど、こうして落ち着いてしまうと、暁月に会いたくてしかたない。話を聞いてほしいし、声が聞きたい。そして、自分が用意したものに驚《おどろ》いてほしい。

（まだかな、まだかな……!?）

そわそわしていると、控《ひか》えめな足音が聞こえてくる。これは暁月の足音だ。

「陛下《へいか》！」

寝室《しんしつ》の扉《とびら》が開くと同時に、莉杏は暁月に飛びついた。

暁月はなんなく莉杏を受け止め、呆《あき》れた声を出す。

「あんたさぁ、もし入ってきたのがおれ以外のやつだったらどうするわけ？」

「わたくしが陛下の足音を間違《まちが》えるはずがありません！」

「あんたの愛ってすごいよなぁ。……おかえり」

「はい！　無事に帰ってきました！」

ここからは夫婦《ふうふ》の時間だ。

莉杏はえへへと笑いながら、暁月の腕《うで》にしがみつく。

「陛下！　後宮に行きましょう！　わたくし、陛下にご褒美《ほうび》を用意していたのです！」

「……はぁ？　あんたが、おれに、ご褒美？」

「そうです！　わたくしが陛下にです！」

莉杏は暁月の腕をひっぱり、後宮に向かう。

暁月はやれやれという顔でついてきてくれた。


莉杏はこっそり準備をしていたことがあった。それは、暁月へのご褒美だ。

暁月はよく莉杏にご褒美をくれる。だから莉杏も、暁月にご褒美を渡《わた》したかったのだ。

しかし莉杏は、暁月に喜んでもらえそうなものを自分の力だけで用意することがまだできない。

(でも、今回は陛下にとてもお世話になったから……！)

ありがとうの気持ちがいっぱいになっていて、言葉だけではどうしても足りないのだ。

自分にもできることで、暁月が喜ぶこと。

それは一体なんだろうかと、必死に考えていた。

「お花を摘《つ》んでくるとか……？」

後宮の庭には、部屋に飾《かざ》るための花が育てられていて、女官にお願いをしたらわけてくれるだろう。後宮外にも、勝手に育ってしまった誰《だれ》のものでもない花が、あちこちに咲《さ》いている。

「お花はたしかに綺麗《きれい》だけれど……」

もう少し暁月が喜びそうなものにしたい。

(お妃《きさき》さまたちは皇帝陛下《こうていへいか》にどんな贈《おく》りものをしていたのかしら)

物語の妃は、実家の財力を使い、高価なものを差し出していた。

そんな中、『綺麗な景色』を見せた妃がいて、これは見事だと皇帝が喜び、寵愛《ちょうあい》を頂くようになった……という話があったはずだ。莉杏は綺麗な景色を見せることはできなくても、綺麗な花を見せることはできると思った。

(他には……)

物語以外で参考になりそうなものは、実際に妃だった人の話である。

広元妃から聞いたかつての後宮の話を思い出し、自分にもできそうなものはないかと考えてみた。

「あ……！」

これだ！　と莉杏は眼《め》を輝《かがや》かせる。

そして冬の庭を見て、蝋梅《ろうばい》のつぼみが膨《ふく》らんでいたことを思い出し、早速《さっそく》どのぐらいで咲くのかを見に行った。

──そして、いよいよそのお披露目である。

莉杏は暁月を後宮の四阿《あずまや》へ連れていった。

四阿は蓮池《はすいけ》の中につくられているため、今の季節に四阿へ行くと、足から冷えていってしまう。だから莉杏は、寒さ対策もしっかりしておいた。

「……衝立《ついたて》？」

四阿の周囲には、衝立がぐるりと立てられていた。

暁月は、風景を楽しむ場所なのにわざと見晴らしを悪くしてどうするんだと不思議に思いながら足を踏《ふ》み入《い》れる。すると、なんだかほのかに暖かい。

「こちらです！　足湯を用意しました！」

四阿の床《ゆか》がいつもと違った。足湯ができるようなくぼみがある。気づかなかったけれど、普段《ふだん》はこの上に床板《ゆかいた》を置いていたのだ。

「寒くありませんか？」

「まったく。あんたは？」

「わたくしも大丈夫《だいじょうぶ》です！」

冬の夜の四阿だとしても、風がない日を選び、湯気が逃《に》げないように衝立でぐるりと取り囲んでしまえば、寒さを感じることはない。

暁月は莉杏にさあさあと促《うなが》され、裸足《はだし》になり、衣服の裾《すそ》が湯につかないようもち上げ、足を入れる。

莉杏もまた湯に足をつけた。じわりとした温かさに包まれ、思わず息を吐《は》き出《だ》す。

「これがおれへのご褒美ってやつ？」

「はい！　忙しい陛下を少しでも癒《い》やしたかったのです！」

莉杏は蝋梅の黄色の花を摘みとり、湯に浮《う》かべておいた。蝋梅はいい匂《にお》いがするので、見た目だけではなく、香りも楽しんでもらえる。

「先々皇帝陛下の後宮では、足湯が流行《はや》っていたこともあったそうです。そのときに、この四阿は星を見ながら足湯も楽しめるようにつくり直した話を教えてもらいました」

床板を外せば湯を入れる場所があると、広元妃が話していた。

この足湯の設備は、先の皇帝の代になってからは使われなくなっていたようだ。しかし、床下《ゆかした》部分の手入れを怠《おこた》ると、腐《くさ》ったときに大変なので、季節ごとの大掃除《おおそうじ》でしっかり磨《みが》いていたらしい。そのおかげで、莉杏が女官長に使いたいと頼《たの》んだとき、すぐ使えますよと言ってもらえたのだ。

「先々皇帝陛下は、足に怪我《けが》をしてしまったとき、毎日睡蓮宮《すいれんきゅう》からお湯を運ばせていたそうです。そのお湯をここに入れて湯治《とうじ》をしていたと聞きました」

「そういうことをやっているから国が傾《かたむ》くんだよなぁ。普通《ふつう》の湯でも贅沢《ぜいたく》だし、充分《じゅうぶん》に気持ちいいって。……おれには蝋梅が浮かぶこの湯でちょうどいいよ」

今の莉杏には、これぐらいのことしか暁月にできない。

でも暁月は、ちょうどいいと喜んでくれた。

身体《からだ》も心もぽかぽかしてくる。莉杏は幸せになり、にこにこ笑った。

(よかった……！)

「陛下、聞いてください！　わたくしは草蔡《そうさい》の街で……」

莉杏は、『彩可の代わりに仙女《せんにょ》の壁画《へきが》を溱《しん》国王へ贈る』という計画を、暁月には伝えてある。その計画がどうなったのかは、暁月は既《すで》に礼部の文官から聞いただろう。

それでも莉杏は、自分のくちからもう一度、暁月にきちんと報告したかった。

待ち合わせの街に行くまでのこと、街での彩可や碧玲《へきれい》たちの様子、朱雀神獣廟《すざくしんじゅうびょう》での溱国王との会話。それから、広元妃と茉莉花《まつりか》に引き合わせてもらった聚夫人《じゅふじん》が今回の立役者になってくれたこと。

「多くの人に助けられ、『後宮で一番美しい妃』を約束通りに溱国王陛下へ引き渡すことができました」

暁月は莉杏の報告を、どうでもよさそうな顔で聞いている。でも、表情は穏《おだ》やかだ。

「まあ、収まるところに収まったんじゃない？」

「はい！　これで海成《かいせい》の問題も解決です！」

結局、莉杏は海成に相談されることも、相談してもいいんですよと働きかけることもなかった。海成も自分も、これからどうするのかを報告し、それに協力してほしいと頼んだだけだ。

（相談の形は色々ある。今回のことでよくわかったわ）

なんとなくでやっていたことを、改めて意識するようになった。

次からはなんとなくではなく、自分の意思でやれるようにしよう。

「最後になってしまいましたが、わたくしも陛下の問題が解けました」

「へぇ？」

「みんなに色々な形の相談をされたり、報告をされることで、皇后として丸く収める方法を自分なりに考えることが大事だとわかりました！」

双秋《そうしゅう》の『最後は偉《えら》い人が出てこないと上手《うま》くまとまらないんですよ』は、その通りだったのだ。

皇后だからできることがたくさんある。権力も、偉い人同士の人脈も、莉杏にはある。

莉杏の視点だからこそ見えるものが、きっと他にもあるはずだ。

「相談をされたとき、個別に解決しようとすることだけではなく、たくさんの相談をまとめて見てみることも大事だと思いました」

相談してきた人の気持ちに、個人としてよりそう。

皇后としての位置から、様々な相談をまとめて考えてみる。

同時にすることは難しいけれど、意識して別々に考えることはできるようにしておかなければならない。

「たくさんの相談をされるために、わたくしは皆《みな》をよく見ておかなければならないし、個々の信頼《しんらい》関係を強くしていく必要があります」

言うだけなら簡単だけれど、実行するのは難しいだろう。

これからもっとがんばろうと、莉杏は気合を入れ直した。

「それでいい。次もがんばれよ」

「はい！」

暁月が頭を撫《な》でてくれる。

莉杏は満面の笑《え》みで暁月に抱《だ》きついた。

その勢いでぱしゃんと湯が跳《は》ねたので、暁月はおいおいと苦笑《くしょう》する。

「陛下は、最初からここまでわかっていたのですよね？」

「仙女の壁画を使うところまでは考えていなかったよ。でもまあ、人を差し出すんじゃなくて、それっぽいものを使って、これで約束を果たしたって形にすることは一応考えていたな。下手《へた》をすると相手を怒《おこ》らせるから、海成になんとかしてみせろって投げた」

その海成は、相手を怒らせる可能性と上手くいく可能性を天秤《てんびん》にかけ、『怒らせてはいけない相手』という結論から『無難な答え』を選んだ。

暁月は、それならそれでいいと思っていた。

けれども、それに納得《なっとく》できなかったのが莉杏と碧玲だ。

「ああいう阿呆《あほ》らしいことで丸く収めようとするときは、互《たが》いに馬鹿らしいと思いながらも、『それが一番いい』っていう空気をつくっておくことが大事なんだよ。あんたは聚夫人と会って繋《つな》がりをつくり、そっちからも空気づくりをしてもらった。実はそれが大正解だったわけだ」

「ですが、聚夫人はわたくしと仲よくなったのではなく、広道士と仲よくなって、それでわたくしにも気を遣《つか》ってくださっただけで……」

広元妃と聚夫人の繋がりを、莉杏は意図してつくり上げたわけではない。

元はといえば、広元妃が自分から「役に立てるかもしれない」と言い出してくれたのだ。

どうして言い出してくれたのかというと、進勇が広元妃の信頼を得ていたからだろう。

莉杏の説明に、暁月は笑った。

「そもそものところが進勇なら、海成が意図的に広元妃を使うのはやっぱり無理だな」

あいつにも無理なことがあるんだねぇと、楽しそうに呟《つぶや》く。

「海成も阿呆《あほう》じゃない。今回の一件、丸く収めるためには広元妃の存在がかなり重要だったことにも気づいているはずだ。広元妃をひっぱり出してきたのはあんただし、これで海成の中に『なにかあったら皇后に相談して、問題解決に適した人材が皇后の人脈の中にいるかどうかを確かめる』って選択肢《せんたくし》ができただろうよ」

「……わたくし、次から海成に相談されるのですか⁉」

「だろうねぇ。あいつ、使えるものは迷わず使うから。あんたは、海成からようやく皇后として使えるって判断されたってこと」

海成は、莉杏に助言を求めない人だと思っていた。しかし、今回のことで海成からの信頼を得ることができたのなら、本当に嬉《うれ》しい。

やったと喜ぶ莉杏に、暁月は「利用されることを喜ぶなよ」と呆れた。

莉杏は幸せそうに笑いながら、暁月の髪《かみ》を指に絡《から》めてひっぱる。

「わたくし、陛下が双秋にあまりうるさく言わない理由もわかりましたよ」

「双秋～？　あいつにはねぇ、なにを言っても無駄《むだ》なんだよ」

給料分ぐらいは働け、と暁月は言う。

その言葉を裏返せば、給料分だけ働けばなにも言わないという意味にもなるはずだ。

「陛下は、双秋の一歩引いた位置から物事を見ている部分を、大事にしたいんですね」

双秋のものの見方は、やる気のなさからきている。

暁月が双秋を真面目に働くような人に変えてしまったら、双秋の強みはなくなってしまうだろう。

「誰かの近くで一緒に怒ったり悩《なや》んだりしてくれる碧玲や進勇の真面目さも、陛下は大事にしていきたいと思っているはずです」

晩月は、碧玲や進勇にも課題を与《あた》え、もっと色々なことができるようになってほしいと願いつつも、そのまっすぐさを変えるつもりはなかった。

「わたくしたちのお仕事は、それぞれのよさが上手く組み合わさるように、ちょっとだけくちを出すことだとわかりました」

莉杏の言葉を聞きながら、暁月は髪にじゃれつく莉杏の指を外し、動かせないように自分の指で絡め取る。

「理想は、くちを出さなくても上手くいくことだけれどな」

「そうですね！　そうなるようにわたくしもがんばります！」

海成は今回の一件で、次から莉杏を頼《たよ》ってくれるかもしれない。

碧玲と進勇は今回の一件で、次になにかあったら双秋に意見を求めるかもしれない。

莉杏は、双秋がなにもしないときは、ちょっとくちを出すようになる。

「大きく変わったことはありませんでしたが、小さく変わったことは色々ありました」

莉杏がにこにこしつつそう告げれば、暁月がにやりと笑った。

「大きく変わったことはない、ねぇ」

暁月はそう言いながら懐《ふところ》を探《さぐ》り、折りたたまれている紙を取り出す。

「今回、あんたは皇后としてよくやった。進勇、碧玲、双秋、海成の問題をきちんと正解まで導いてやったからな。……そのご褒美を、おれが用意していないとでも思ったわけ？」

「ご褒美⁉」

「そう。あんたが同じことをしてきたから、こっちが驚いた」

莉杏は勢いよく立ち上がる。

暁月はその反応のよさについ笑ってしまった。

（いつまで莉杏はこんな素直《すなお》な反応をおれにしてくれるんだろうな。……頼むから、一生そうしてくれよ）

そうしたら、ご褒美のあげがいがあるというものだ。

期待のまなざしを向けてくる莉杏に、暁月はもったいぶってその紙を渡した。

「あんた、皇后としてがんばっているからね。そろそろこういうものをご褒美にしてやってもいい頃合いだ」

暁月は紙を覗《のぞ》きこみ、とある文字を指差す。

「——睡蓮宮とその街をあんたにやるよ」

莉杏は、すぐにその言葉の意味を理解できなかった。

きょとんとした顔になり、手元の紙を見て、そこに書かれている文字を一生懸命《いっしょうけんめい》読んで、どういうことなのかを少しずつ理解していく。

「……え？　ええ!?」

「あの街は皇后の直轄地《ちょっかつち》になる」

直轄地とは、その名の通り、直接管理されている土地のことだ。

後宮物語でも、皇帝がお気に入りの妃に街を丸ごと贈ったという場面は、よく出てくる。

物語では、その妃がどれだけ皇帝の寵愛《ちょうあい》を受けているのかを示すために行われているのだけれど、暁月はそんなつもりで贈ったわけではないはずだ。

「睡蓮宮をあんたの好きなように使いなよ。今回みたいに『偶然《ぐうぜん》を装《よそお》って異国の客人を個人的にお招きする』という機会があるかもしれないしね。茘枝城までできてもらうと、どうしても公式の訪問って形になるからな」

莉杏は、ようやく手の中にある紙の重さに気づいた。

これは暁月からの信頼の重さだ。

街を一つ預けてもいいと思われ、そして活用できると判断された。

「陛下！　わたくし……！」

喜びで輝く瞳《ひとみ》を見せてくる莉杏に、暁月はもう少し驚いてくれよと願った。

「これだけじゃないぜ。睡蓮宮にはおれがつく」

「陛下がつく……？」

「年に一回、おれが行くからな」

「あっ……！」

莉杏は当たり前の事実に驚き、暁月に抱きつく。

「嬉しいです！　わたくし、すごく嬉しい……！　がんばります!!」

この一件で、莉杏は大きなものを手にすることになった。それだけ責任も大きくて重たくなったけれど、暁月の期待に精いっぱい応えていくつもりだ。

興奮のあまり足をばたつかせていると、暁月が「そこは成長しないなぁ」と呟く。

「陛下、陛下！　わたくしのどこが成長しましたか!?」

「色々だ。説明するのが面倒《めんどう》だから詳しく聞くなよ」

「色々なんですね！」

こんな雑な説明をされても、莉杏はくすぐったい気持ちになってしまう。

がんばった成果が出てきた。成果が出ても出なくてもがんばらないといけないけれど、人は褒《ほ》められたらもっとがんばりたくなってしまうものだ。

そんな莉杏の思考を読み取ったのか、暁月がため息をつく。

「あんたはもっとゆっくり成長してもいいぐらいだけれどねぇ」

「ゆっくり？　どうしてですか？」

莉杏には、皇后として足りないものがまだ多くある。暁月はそんな莉杏に早く立派な皇后になってほしいと願っているはずだ。

「おれにも心の準備ってものが必要なんだよ。あんたがあまりにも早く成長したら、心の準備なしに惚《ほ》れて大変なことになるだろうが」

即位《そくい》したばかりの暁月は、十三歳の皇后に信頼という形で直轄地を与えるなんて、考えもしなかった。莉杏は、そんな暁月を大きく変えたのだ。

「陛下はいつか、わたくしを好きになってくださるのですか⁉」

「それはそのときにならないとわからないって。でも、おれが惚れるようないい女になれそうかもな」

「わたくし、陛下のご寵愛を頂けるようないい女になります！」

無邪気《むじゃき》な莉杏を見ていると、暁月はまだかなり先のことだろうとほっとした。しかし、次の瞬間《しゅんかん》、どきっとしてしまう。

「——でも、わたくしは悪女にもなりたいのです。楽しみにしていてくださいね」

蝋梅の花が浮く湯に足を浸《ひた》し、白い湯気に包まれている莉杏は、見たことのない女の顔になっていた。

晩月は『あれ？』と動揺《どうよう》するけれど、表情に出ないようなんとかその動揺を抑えこむ。

「はいはい。わかった。……帰ってきたばかりなんだから、そろそろ上がって寝《ね》るぞ」

軽く流したふりはできたけれど、なんとなく腹立たしくなったので、蝋梅の花ごと湯をすくい、莉杏の足にかけてやった。

莉杏はきゃあと喜び、頰《ほお》を真っ赤にして仕返しをしてくる。

（もしかして、いつかおれは、こいつに振り回されっぱなしになるのか……？）

全力で恋をする莉杏に、はいはいと言いながら、押しきられるような形で愛するようになる予感ならもうあった。そのことについては諦めていた。しかし、他のことについてはまだ諦めたくない。

——あのさぁ、頼むから手加減してくれよ。

このちょっと速くなってしまった鼓動《こどう》に気づかないでくれよと、晩月は珍《めずら》しく朱雀神獣に祈《いの》ってしまった。


双秋《そうしゅう》は、報告書を書くことが苦手だ。いや、苦手なのではなく、面倒《めんどう》なのでやりたくないだけなのかもしれない。

これはとても一般的《いっぱんてき》な感覚だろうけれど、真面目な人物は必ずこう言う。

「面倒でもやらなくてはならないものだ」

碧玲《へきれい》に当たり前のことを冷たく言われた双秋は、ですよね〜と呟《つぶや》くしかなかった。

「事実を時系列順に並べ、問題点と、改善点と、今後の抱負《ほうふ》を書くだけだ。報告書なんて手を動かしたらすぐに終わる」

「その手を動かすことが面倒なんだよ」

双秋は、暁月《あかつき》から与《あた》えられた問題の答えを、報告書という形にまだしていなかった。

最終的に、自分と碧玲と進勇《しんゆう》の三つの問題の答えをまとめて出すことになったのだから、まとめて誰かがやってくれないかなと期待していたのだ。しかし、碧玲も進勇も「同じ答えでも経過は違《ちが》う」という真面目なことを言い出してしまったので、双秋は自分の分を自分でやらなければならなくなってしまった。

「妖物騒動《ようぶつそうどう》の設定を細かくするんじゃなかった……。報告書にそれをすべて書かなければならないことを思うと、ぞっとするんです。しかも、間違《まちが》えたら一から書き直しだし」

「下書きをして、それを別紙へ丁寧《ていねい》に書き写せば、そう間違えることはないはずだ」

「翠家《すいけ》の方々って、どうしてそんなに真面目なのかねぇ。……あ、でも陛下は翠家の血が流れていてもそこそこ不真面目で……。ううん？　あの方は、やらなければならないことは真面目にやる人か」

双秋はため息をつきながら、諦めたように筆を手にとる。

碧玲が親切にも、書きかけの報告書を覗《のぞ》きこんできて、早速誤字の指摘《してき》をしてくれた。

気づいてしまったら直さなければならないので、気づかないでほしい。

「……最初の猫《ねこ》の声、あれはお前の仕込《しこ》みではなかったんだな」

碧玲が報告書を見ながら、そんなことをふと呟く。

双秋は書き途中《とちゅう》の報告書の最初のところを見て、猫の文字がどこから出てきたのかわからず、首をかしげた。

「ああ！　皇帝陛下と皇后陛下が真夜中に聞いたという……。あれは碧玲の仕込みじゃないのか？　てっきりそうだとばかり」

碧玲と双秋は、顔を見合わせてしまう。

互《たが》いに互いがやったことだと、今までずっと信じていた。

「なるほど、あれは本当に猫が入りこんだだけだったのか」

碧玲の言葉に、双秋はう〜んとうなる。

「たしかに猫を見てその声を聞いた武官はいたんだけれど……」

双秋は噂話《うわさばなし》というものに敏感《びんかん》だ。そして、それが本当なのかどうかが気になってしまう人間なので、噂《うわさ》の原因を探《さぐ》ることもよくあった。

「屋敷《やしき》の外に立たされていた見張りの武官が、屋敷の外から猫の声を聞いたというだけの話で、庭から聞こえてきたという話ではなかったはずだ」

「相手は猫だぞ。武官の警備をすり抜けて屋敷の庭を駆《か》け回《まわ》るなんてこと、簡単にできてしまう」

「その通り」

双秋は、面白《おもしろ》い話に飛びつくし、嬉々《きき》として広めることもするけれど、面倒事になりそうな話はあまり好きではない。うっかりすると、「なら今夜は徹夜《てつや》で見張りをしてね」と上司に命令されてしまうからだ。

「あれは猫の鳴き声であってくれないと、困ったことになるんだよなぁ」

双秋はうんうんと頷きつつ、雑な字を書いていく。

暁月からもらった問題を解決していく過程で、不思議なことはなに一つ起こらなかった。

そんな報告書を急いで完成させることにした。


莉杏《りあん》が帰ってきた日の夜、日課である経典《きょうてん》の読誦《どくじゅ》を終えた明煌《めいこう》は、そろそろ寝ることにした。しかしそのとき、何気なく窓の外を見て……驚く。

——赤《あか》ん坊《ぼう》を抱いた女性？

うわーんと、赤ん坊の泣く声が聞こえてくる。

赤ん坊を抱いている女性は、赤ん坊をあやしながら「静かにしてね」というようなことを言った気がした。声は聞こえなかったけれど、くちがそんな形に動いていたのだ。

(夜の茘枝城《れいしじょう》に赤ん坊……？　なにか事情がありそうだ)

明煌が、赤ん坊を抱いている女性に声をかけて、なにか肩にかけるものを……と思ったとき、その女性はどこかに向かって丁寧に頭を下げた。

明煌は誰かいるのだろうかと眼をこらしたけれど、なにも見えない。

「たしかあの先は……」

皇帝の寝室があるはずだ。女性は、騒《さわ》がせてしまったことを謝罪したかったのだろうか。それともなにか嬉しいことでもあり、感謝をここからでも伝えたかったのだろうか。

(門の方へ向かっていく。帰るみたいだ)

今夜は満月に近い。月明かりのおかげで、女性が優《やさ》しく微笑《ほほえ》んでいるところが見えた。

特に心配する必要もないだろうと判断し、窓から眼を離す。

(きっとあれは官吏《かんり》の妻子だろう)

赤ん坊を抱いた女性が着ていたのは、禁色《きんじき》である深紅《しんく》に近い紅色の布地に、金糸で梅の花を刺繍《ししゅう》した華《はな》やかな上衣。

明煌が道士でなければ、いや、もう少し茘枝城で働く女官や莉杏をよく見るような人物であったら、着ている服で誰だったのかを判断できたかもしれない。

終

あとがき

こんにちは、石田《いしだ》リンネです。
この度《たび》は『十三歳《じゅうさんさい》の誕生日《たんじょうび》、皇后《こうごう》になりました。6』を手に取っていただき、本当にありがとうございます。

今回の莉杏《りあん》は、『皇后として相談される』という新しい課題に挑《いど》むことになりました。皇后として一歩ずつ成長して、一歩ずつ大人の女性になっていく莉杏を、暁月《あかつき》と一緒《いっしょ》にどきどきしながら見守ってくださると嬉《うれ》しいです。
足湯をしたくなったときは是非《ぜひ》この本を持ち込み、足湯と共に読書をのんびり楽しんでください。

コミカライズに関するお知らせです。秋田書店様の『月刊プリンセス』にて連載《れんさい》中の青《あお》井《い》みと先生によるコミカライズ版『十三歳の誕生日、皇后になりました。』の第三巻が、二〇二二年三月十六日に発売します！　莉杏が可愛《かわい》くて、切なくて、とても頑張《がんば》っていて応援《おうえん》したくなってしまうコミカライズ版も、ぜひ一緒に楽しんでください。

そして、白楼国《はくろうこく》の茉莉花《まつりか》と珀陽《はくよう》が主役の『茉莉花官吏伝《まつりかかんりでん》』の最新刊となる第十二巻、高《たか》瀬《せ》わか先生によるコミカライズ版の第五巻も（ほぼ）同時刊行しております。

二つの小説と共に、素敵《すてき》な二つのコミカライズもよろしくお願いします。

オーディオ特典等もありますので、公式サイトの確認《かくにん》もぜひしてみてください！

この作品を刊行するにあたってお世話になった方々にお礼を申し上げます。

ご指導くださった担当様、足湯を楽しむ赤奏国《せきそうこく》夫婦を描いてくださったIzumi先生（はしゃいでいる莉杏が最高に可愛いです！）、コミカライズを担当してくださっている青井みと先生、当作品に関わってくださった多くの皆様《みなさま》、手紙やメール、ツイッター等にて暖かい言葉をくださった方々、いつも本当にありがとうございます。これからもよろしくお願いいします。

最後に、この本を読んでくださった皆様へ。

読み終えたときに少しでも面白《おもしろ》かったと思えるような物語であることを祈《いの》っております。

またお会いできたら嬉しいです。

石田リンネ

■ご意見、ご感想をお寄せください。
《ファンレターの宛先》
〒102-8177 東京都千代田区富士見 2-13-3
株式会社KADOKAWA ビーズログ文庫編集部
石田リンネ 先生・Izumi 先生

ビーズログ文庫

●お問い合わせ
https://www.kadokawa.co.jp/（「お問い合わせ」へお進みください）
※内容によっては、お答えできない場合があります。
※サポートは日本国内のみとさせていただきます。
※Japanese text only

十《じゅう》三《さん》歳《さい》の誕《たん》生《じょう》日《び》、
皇《こう》后《ごう》になりました。6

石《いし》田《だ》リンネ

2022年 3 月15日 初版発行

発行者 青柳昌行
発行 株式会社 KADOKAWA
〒102-8177 東京都千代田区富士見 2-13-3
（ナビダイヤル） 0570-002-301
デザイン 島田絵里子
印刷所 凸版印刷株式会社
製本所 凸版印刷株式会社

■本書の無断複製（コピー、スキャン、デジタル化等）並びに無断複製物の譲渡および配信は、著作権法上での例外を除き禁じられています。また、本書を代行業者等の第三者に依頼して複製する行為は、たとえ個人や家庭内での利用であっても一切認められておりません。

■本書におけるサービスのご利用、プレゼントのご応募等に関連してお客様からご提供いただいた個人情報につきましては、弊社のプライバシーポリシー（URL:https://www.kadokawa.co.jp/）の定めるところにより、取り扱わせていただきます。

ISBN978-4-04-736954-2 C0193
©Rinne Ishida 2022 Printed in Japan

定価はカバーに表示してあります。

◇◇◇

ビーズログ文庫

第13回 二期
えんため大賞
ガールズ
ノベルズ部門
優秀賞
受賞
おこぼれ姫と円卓の騎士
OKOBORE HIME TO ENTAKU NO KISHI
「さっさと頭を下げなさい」
この女王様がスゴイ!!!
大好評発売中！
① おこぼれ姫と円卓の騎士
② 〃 女王の条件
③ 〃 将軍の憂鬱
④ 〃 少年の選択
⑤ 〃 皇子の決意
⑥ 〃 君主の責任
⑦ 〃 皇帝の誕生
⑧ 〃 伯爵の切札
⑨ 〃 提督の商談 通常版／CD付特装版
⑩ 〃 二人の軍師
⑪ 〃 臣下の役目
⑫ 〃 女神の警告
⑬ 〃 再起の大地
⑭ 〃 王女の休日
⑮ 〃 白魔の逃亡
⑯ 〃 反撃の号令
⑰ 〃 新王の婚姻
短編集 〃 恋にまつわる四行詩
石田《いしだ》リンネ
イラスト／起家一子《おきやいちこ》
"おこぼれ"で次期女王が決定したレティーツィアは、騎士のデュークを強引に王の《ナイツ》専属騎士《オブラウンド》に勧誘。けれど彼はそれを一刀両断し……!?

ビーズログ文庫アリス

現代日本。関東の〝土地神〟である千鳥《ちどり》（←四百歳越え）は、神さま歴一カ月半！ 忙しい人間生活をようやく引退した千鳥は「ご隠居《いんきょ》と呼べ」と皆に要求しつつも、やっぱりなにか仕事ない……？　とそわそわする毎日。ある日、頼りになる右腕の柏《かしわ》、現代っ子の帯刀《たてわき》と共に、月に一度の神さま会議に出向くが……先輩神さま方から「平氏《へいし》の亡霊《ぼうれい》が蘇った」と厄介《やっかい》な仕事を押しつけられて!?

ビーズログ文庫

後宮女官の茉莉花《まつりか》は、『物覚えがいい』という特技がある。ある日、名家の子息とのお見合いの練習をすることになった茉莉花の前に現れたのは、なんと、皇帝・珀陽《はくよう》だった!!　茉莉花の才能にいち早く気付いた珀陽は……!?